귀환병사

FANTASTIC ORIENTAL HEROES

요람 新무협 판타지 소설

귀환병사 22

요람 新무협 판타지 소설

초판 1쇄 찍은 날 § 2015년 5월 26일
초판 1쇄 펴낸 날 § 2015년 6월 2일

지은이 § 요람
펴낸이 § 서경석

편집부장 § 권태완
편집책임 § 한준만

펴낸곳 § 도서출판 청어람
등록번호 § 제387-1999-000006호
등록일자 § 1999. 5. 31
어람번호 § 제2-2593호

주소 § 경기도 부천시 원미구 부일로 483번길 40 서경B/D 3F (우) 420-822
전화 § 032-656-4452 팩스 § 032-656-4453
http://www.chungeoram.com
E-mail § chungeorambook@daum.net

ISBN 979-11-04-90254-3 04810
ISBN 978-89-251-3414-7 (세트)

귀환병사

歸還兵士

요람 新무협 판타지 소설

FANTASTIC ORIENTAL HEROES

22

[완결]

도서출판 청어람

目次

第二百一章

혼심(混心)

휘이잉!

갑판 위로 불어온 세찬 바람. 머리카락이 마구 휘날릴 정도의 강풍이었지만 무린은 깨어나지 못했다. 제대로 설명할 수는 없지만… 뭔가 허하게 비었다.

가슴, 그리고 머리. 양쪽에 뭔가 구멍이 뻥 뚫린 것 같았다. 아니, 진짜로 뚫린 것처럼 느껴졌다.

갑작스럽게 사라져 버린 인연의 빈자리.

무린은 이걸 바로 다잡지 못했다.

그리고 다잡을 생각도 하지 않았다.

"아하하……."

허탈한 웃음이 무린의 입술을 비집고 흘러나왔다. 미처 인지도 못한 사이 흘러나온 웃음이 갑판 위를 맴 돌다가 역시나 바람에 밀려 사라졌다.

사라져 버린 존재를 생각해 보는 무린.

단문영.

만독문의 여인.

혼심독주.

무린이 직접 숨을 끊은 만독문의 소문주 단문석의 여동생.

첫 만남은 당연히 최악이라고 해도 좋았다. 단문영은 무린을 정신적으로 무너트리려 접근했었다. 혼심독을 이용해 무린의 정신을 조종, 이지를 상실시키고 무림에서 아예 지워 버리려 했었다.

하지만 그게 뜻대로 잘되지 않았던 것이 두 사람을 만나게 했다. 투쟁의 삶을 살았던 무린.

그런 무린에게 무언가를 느끼고 다가온 여인.

불구대천지 원수임에도, 무린이라는 인간을 좀 더 알고자 다가온 여인. 깊게 생각할 것 없이, 오히려 원수에게 정을 느껴 버린 게 아마 그 당시 단문영의 상태였을 것이다.

나타난 단문영은 무린을 협박했다.

동반자살하고 싶지 않으면, 자신을 곁에 두라고.

'지금 생각하니… 아주 어처구니가 없군.'

요구한 단문영이나, 받아들인 무린이나.

물론 혼심독을 직접 겪었었고, 당시 단문영이 거짓말을 하고 있지 않다는 것도 느꼈기 때문에 어쩔 수 없이 내린 결정이긴 했다. 하지만 역시, 어거지가 아주 다분했다.

당시 왜 그런 결정을 내렸을까?

지금 생각해 보니 역시 그때의 결정은… 운명이 이끌어준 게 아닌가 싶었다.

인연이 닿으라고.

아니, 이미 연결된 선이 더 단단해지라고.

그게 이유가 아니었을까 싶었다.

'그렇게…….'

동행은 시작됐다.

단문영.

그리고 진무린.

두 사람은 그때부터 생사의 고비를 함께 넘었다. 다행히 사고가 트여 있는 여인이었기 때문에 자신이 속한 가문이 얼마나 멍청한 짓을 저질렀는지 알고 있었다.

왜 그런 선택을 내렸던 건지는 몰랐지만 그게 도덕적으로 결단코 이해도, 용서도 될 수 없다는 것도 알고 있었다.

즉, 마음이 맞았다.

그 마음은 어느 순간부터 서로를 '동료'로 생각하게 만들었다. 무린도 언제고 자신을 죽일 수 있는 단문영을 동료로 인정하고 필요할 때는 도움의 손길을 서로 건냈다.

그리고 서로 맞잡아 주었다.

단문영, 그녀는 그렇게 비천대에 녹아들었다.

길림성에서는 설초를 이용한 독으로 수천의 북원 병사를 죽였고, 북방상단을 통해 본가인 만독문이 공격했던 사천당가에 만독문의 모든 독을 파훼할 수 있는 비법도 전수했다. 사천당가가 버티면서 전황은 역시 변하기 시작했다.

그녀가 전쟁의 흐름을 바꾸는 데 일조한 것은 분명했다.

여기까지 갔을 때, 단문영은 완전한 비천대원이었다.

'그리고 언제부터였더라…….'

아련해졌다.

어느 순간부터 무린은 느낄 수 있었다.

단문영이 자신을 생각하는 마음이 변했다는 것을. 그녀는 무가의 여식답게 자신의 속마음을 숨기지 않았다.

하나 그 속마음을 직접 들었을 때는 거절했다.

스승님의 손녀 따님인 제갈려 때문이었다.

이미 그녀가 자신을 가슴에 담는 걸 허락했으니까.

두 여인에게 허락해서는 안 되는 법이니까.

하나…….

생각처럼 흘러가지 않았다.

위기의 연속. 그걸 계속해서 깨부수고 전진할 때마다 단문영이 자신을 생각하는 마음은 더욱더 단단해졌다.

확연히 느낄 수 있을 정도로.

어느 순간부터… 자신도 마음을 스르르 열고 있는 걸 깨달았다. 쉽게 그녀를 받아들일 수 없었다.

비천성에서 어머니의 말씀이 아니었다면 결코 스스로 결정하지 못했을 것이다.

그렇게 두 여인이 마음에 들어왔다.

단문영.

제갈려.

그중 단문영이 죽었다.

'이렇게… 허무할 수가 있나…….'

뭘 한 거지?

나는 대체… 그동안 뭘 한 거지? 왜 강해졌지?

어쩔 수 없는 수순처럼, 자괴감이 무린이 머리를 옥죄이기 시작했다. 그 자괴감은 마치 제천대성에게 씌였다는 금고아의 효능처럼 비관적인 생각을 할수록 더욱더 조여 왔다.

탈각의 무인인 무린이, 거기다 한차례 각성까지 더 해낸 무린이 두통을 느낄 정도였다.

"아……."

탄식이 흘러나왔다.

가슴과 머리, 어느 한쪽으로도 받아들일 수 없는 현실이 지금 무린에게 벌어진 것이다.

"관평을 보낼 때도……."

이렇지 않았다.

관평의 관을 열었을 때도, 무린은 이러지 않았다. 십 년 하고 수년을 알고 지낸, 생사의 고비를 함께 넘어온 전우가 죽었을 때도 이렇게 평정이 완벽하게 박살 나지 않았다.

그런데 지금은?

거의 마음에 금이 간 상태라고 스스로 느낄 정도였다.

정말이지… 받아들일 수 없는 현실.

"……."

으득!

침묵한 무린, 그러나 잇새로는 소름끼치는 소리가 흘러나왔다. 이가 갈리다 못해 부서져 버리는 게 아닐까 싶을 정도로 큰 소리였다.

모든 화가, 분노가 한 사람에게 집중됐다.

당연히…….

마녀(魔女).

진명(眞名)으로는 유라.

그 여인에게였다.

단문영의 심장을 꿰뚫은 여인.

분노심이 정말 활화산처럼 속에서부터 끓어올랐다. 절제가 안 될 정도였다. 관평 때보다도 더한 분노였다.

살심이 무럭무럭 피어나는 것도 아주 당연한 수순이었다.

기이잉!

그런 무린의 마음에 비천신기가 반응했다. 속에서부터 회전하며 공명하는 소리가 들리더니, 불어오는 바람조차도 무린의 몸에 닿지 못하게 밀어내 버렸다. 기세를 넘어, 기파의 단계로 간 것이다.

후웅…….

후끈한 열기가 순식간에 무린을 중심으로 퍼지기 시작했다.

반응은 당연히 있었다. 갑판 위에서 안 그래도 이상행동을 보이던 무린. 그런 무린을 주시하고 있었던 광검대의 낭인들이 즉각 반응한 것이다.

누구보다 예민한 감각이 살아 있는 게 바로 낭인이다. 진정한 의미의 칼 밥을 먹는 자들이니 언제나 감각을 벼려놓는 건 당연한 일이다. 그 감각이 언제고 자신을 위기에서 구해주거나, 위기를 미리 감지하고 벗어나게 해줄 테니 말이다.

처저저적!

즉각 일어난 그들이 검이며 도, 대부 등을 꺼내 대주라 할 수 있는 광검과 미오를 감쌌다.

그리고 낭아검과 낭아도가 앞으로 나와 날카로운 눈으로 무린을 주시했다. 그들의 눈에 적대감은 없었지만 본능적으로 움직이고 있었다.

자신들이 인정한, 진정한 의미의 대주를 지키기 위해.

죽어가는 광검인지라 더욱더 예민하게 행동하고 있었다. 무린은 그런 그들을 보며 별다른 감흥을 느끼지 못했다.

적아(敵我)는 확실히 구분하는 무린이었다. 이들에게 마녀에게 느끼는 살심을 풀고 싶은 마음은 추호도 없었다. 하지만 참기가 힘들었다. 현재 무린의 가슴은, 머리는 터지기 일보직전이었다.

자신에게 이런 현실을 안겨준 마녀에게… 그 모든 분노를 쏟아붓고 싶었다.

감정을 조절, 통제하는 장치가 완전히 박살 난 기분. 하지만 마녀는 이 자리에 없다. 그게 더욱 미치겠는 무린이다.

그때 불쑥.

'잠깐만… 이거, 느껴본 적이 있다.'

지금 이런 기분.

분명 느껴본 적이 있는 무린이었다. 그리고 오래지 않아 언제 이랬었는지가 떠올랐다.

'남궁세가…….'

분명 그때다.

그때가 가장 심했었던 때였다.

그리고 이런 감정 기복이 일어나게 만든 원인도 떠올랐다.

'혼심.'

맞다.

혼심.

혼심독이 당시 무린을 괴롭혔었다. 그리고 그 혼심은 단문영의 의지로 움직였었다. 무린이 감정이 나약해지던 때, 난폭해지던 때를 노려서 말이다.

그때 순식간에 떠오른 의문.

"살아 있다……?"

자신이 살아 있다는 것.

이것도 말도 안 되는 일이었다.

단문영은 분명 그랬다.

영혼으로 이어진 고독이다. 하나가 죽으면 다른 하나도 반드시 죽게 된다. 생명이 끊어지는 게 아니라, 영혼이 먼저 죽는다. 처음부터 그렇게 만들어졌다.

그래서 만들어진 최초에는 비익공이라 불렀다고 했다. 생과 사를 함께하고 싶어 하는 연인들을 위해 만들어진 공부가 바로 비익공이다.

"왜 내가……."

살아 있지?

혼심독주인 단문영이 죽었으면, 무린도 따라 죽었어야 하는 게 맞았다. 정확히는 영혼이 죽는다고 보면 됐다. 영혼이 죽으면, 육체는 아주 당연히 활동을 정지해야 했다.

그런데 자신은 지금 멀쩡했다.

감정은 당연히 느끼고 있고, 오감도 살아 활동하는 게 느껴진다. 즉, 단문영이 죽었는데도 자신은 너무나 멀쩡한 것이다. 이건 말도 안 되는 일이었다. 단문영이 자신에게 했던 말과 완전히 다르기 때문이었다.

애초에 단문영이 무린을 처음 만났을 때 협박의 주재료로 사용한 게 바로 혼심을 이용한 동반자살이다. 그게 사실이라는 것을 무린은 느꼈기 때문에 받아 줬고.

'단문영이 잘못 알고 있었다?'

아니, 그럴 리가.

개방의 장무개에게도 들었다.

숱한 전설과 정보를 알고 있는 장무개다. 개방의 인물이고, 그저 그런 위치의 인사도 아니었다. 그의 말이 거짓말이라 보기에는 어려웠다. 또한 마녀도 혼심에 대해 언급했었다. 이 또한 단문영의 말이 거짓이 아니라는 걸 증명했다.

그런데도… 살아 있다.

자신이 지금 이렇게 살아 있다.

"문영……."

그럼 설마 단문영도?

순간적으로 그런 기대감이 생겼다.

'아니, 심장이 뚫리는 걸 단문영이 느꼈어. 그건 허상이 아니었어. 단문영이 잘못 느낀 것도 아니었고…….'

심장은 분명 뚫렸다.

뚫린 심장을 단문영이 인지했고, 그걸 무린이 느꼈으니까 그 사실에는 변함이 없었다. 하지만 생겨난 기대감을 무린은 버릴 수가 없었다. 기대감이 생기니, 불안감도 생겼다.

'설마… 혼심만 끊어 냈다?'

그게 가능한가?

영혼과 영혼을 잇고 있는 고독이다. 그 피해는 양쪽이 아주 공평하게 받도록 만들어진 공부다. 그걸 아무런 피해도 없이 끊어 낸다.

상식이라면 불가능한 일이지만.

'비상식의 존재… 그 끝을 본 여인.'

태고의 시절부터 홀로 존재해 왔으며, 비익공 같은 것을 수도 없이 몸에 담았다고 했다. 더 이상 들어갈 공간도 없을 정도로 마녀의 머리는 포화 상태일 것이다.

'그 안에… 있다는 소리인가?'

그 포화 상태 안에 비익공을 끊어낼 신비의 술(術)이 존재한다? 어떻게 생각해 봐도 절대 불가능하다고 단언할 수가 없었다.

왜냐고?

마녀니까.

불안감과 기대감, 아무것도 단정 지을 수 없는 상태다. 물론 자신이 살아 있으니 단문영이 아직 살아 있다는 기대감이 훨씬 더 크게 머릿속을 차지하고 있긴 했다.

'…확인해 봐야겠어.'

직접 두 눈으로 봐야지만 지금 이 복잡한 마음을 정리할 수 있을 것 같았다. 그래야 단문영을 가슴에 묻든, 아니면 구출하든 둘 중 하나로 방향을 잡을 수 있을 것 같았다.

'남경으로 빨리 가야겠어. 만약 죽었다면… 비천대가 분명 수습했을 것이다.'

비천대를 만나면 일단 어느 쪽이든 가닥은 잡을 수 있을 것 같았다. 비천대는 분명 단문영을 버리지 않았을 것이다. 동료니까. 그것도 그저 그런 동료가 아니고, 무린의 목줄을 쥐고 있는 동료라는 것을 분명 알고 있으니까.

그러니 필사적으로 단문영을 찾고 있을 것이다.

죽었다면 찾았을 것이고, 살았다면 찾지 못할 것이다. 마녀가 단문영에게 나타났단 것 자체가 이미 그녀를 필요로 하고 있다는 것을 의미하니까.

'희망은… 분명히 있다.'

그 기대감이 어느새 무린의 머리며 가슴에 가득 번지기 시작했다.

*　　*　　*

스르르.

어느새 무린의 기파는 꺼져 있었고, 비천신기의 회전마저 상당히 느려져 있었다. 초감각을 유지하는 데 필요한 회전 말고는 무리하지 않고 있었다.

무린의 기세가 완전히 죽자, 낭인들을 헤치고 미오가 걸어 나왔다. 찰랑이는 은빛 머릿결을 예전이었다면 좀 신비하게 봤겠지만 지금은 그럴 겨를이 없었다.

"무슨 일 있으십니까?"

딱딱하고 역시 고저가 없는 어조로 물어온 미오.

"동료가 당한 것 같습니다."

무린은 일단 조용히 자신이 불안정하던 이유를 설명했다. 무린의 대답에 미오는 고개만 끄덕였다. 어떻게 알았냐는 질문 따위는 하지 않았다. 그저 그렇게 이해하겠다는 것.

무린이 다시 입을 열었다.

"남경까지 빨리 가야 합니다."

"지금도 최선을 다하고 있어요."

"알고 있습니다. 제 말은 앞으로 걸어오는 모든 공격을 가능한 무시했으면 좋겠어서 드린 말씀입니다."

"그건 저도 마찬가지예요."

무린의 말에 미오도 마찬가지라는 답을 내놓았다. 이제 두 사람의 입장은 같아졌다. 남경으로 가야 정심이 있다. 그녀는 비천대와 함께하고 있으니까. 광검의 목숨을 살릴 이는 현 상황에서 정심이 유일했다.

그녀는 광검 위석호의 목줄을 아주 꽉 쥐고 있었다.

반대로 무린도 빨리 가서 단문영을 봐야 했다. 죽은 그녀의 시신을 본다면 후자가 맞다. 마녀는 비익공을, 혼심을 끊어낸 것이다. 단문영의 시신을 비천대가 찾지 못했다면? 그건 전자다. 단문영은 살아 있다.

그리고… 마녀에게 끌려간 것이다.

자신이 본 것은 그럼?

그건 그때 다시 생각할 일이다. 그렇게 생각해야만 했다. 그래야만 현재처럼 정신이 유지될 수 있으니까.

단문영의 시신을 마녀가 숨겼는데 비천대가 못 찾는 가정은? 혹은 비천대가 단문영의 시신을 그냥 발견하지 못했을 경우는? 그럴 경우는 없었다. 마녀가 단문영의 시신을 숨겼다면 굳이 숨길 필요가 없었다.

그럴 필요가 마녀에게 존재할지 안 할지 모르지만, 분명 없다고 생각됐다. 두 번째 가정도 마찬가지다.

비천대는 추적의 달인이 꽤나 많았다.

탐색은… 밥 먹듯이 해온 이들이다. 넓게 퍼져 탐색한다 해도 결단코 놓칠 리가 없었다. 그게 비천대원들이다.

"어쩔 수 없는 상황만 아니라면 모두 도망치고 남경으로 직행하라고 전해 둘게요."

"예, 감사합니다."

"아니요. 저도 정심 언니를 빨리 만나봐야 하니까요. 원하는 게 서로 일치했을 뿐이에요."

"……."

그 대답엔 말없이 고개만 끄덕인 무린이다. 무린은 더 이상 나눌 얘기가 없다 판단했고, 등을 돌리려는 찰나 목소리가 재차 들려왔다.

"도와주셔서 감사합니다. 이 은혜, 잊지 않겠습니다."

그 말에 다시 미오를 향하는 무린.

"아닙니다. 저도 생명의 은을 입었던 몸. 결코 마음에 두지 않아도 됩니다."

무린의 말은 진심이었다.

길림성에서 소전신에게 패한 무린. 그때 광검이 없었다면?

소향의 말에 의해 왔다고 했지만 어쨌든 광검과 미오가 그걸 받아들이지 않고 와주지 않았다면 무린은 그곳이 무덤이 되었을 것이다. 그곳에는 의선녀도 연정도, 소선녀 정심도 없었으니까.

단문영이 있었지만 그때 무린의 상태는 결코 약으로 해결될 게 아니었다. 외상도 심각했고, 그 외상으로 인해 추가적으로 생긴 내상 역시 결코 가볍지 않았다.

무린의 초인적인 정신력과 지금의 비천신기의 바탕이 되었던 삼륜공이 없었다면 즉시 숨이 끊어졌을 것이다.

그리고 그곳에서 계속 방치됐어도… 죽었을 것이다. 그 상황을 뒤집고 무린을 회생(回生)시켜 준 게 바로 소향의 부탁을 받고 온 광검과 미오였다.

그래서 무린은 지금 이들을 도와주고 다른 어떤 것을 받을 생각은 조금도 하지 않고 있었다. 은을 입었으면 반드시 갚으라는 가르침을 호연화에게 받았으니까.

하지만 미오의 생각은 달랐나 보다.

"그건 오라버니가 받을 은입니다. 이건 제 개인이 비천무제에게 얻은 은입니다. 제가 갚아야 할 일이에요."

똑 부러지는 정도가 아니라, 절대로 그 마음을 돌릴 생각조차 없어 보이는 확고부동한 어조와 표정이었다. 마치 돌이나 쇠로 표정을 완전히 정적으로 표현해 놓은 상(像)을 똑 빼닮았다.

"……."

무린의 대답이 없자 미오가 살짝 고개를 숙여 예를 취했다. 그리고 등을 돌려 돌아갔다. 무린의 대답과는 별개로 자신은 은을 갚겠다는 의지가 철철 느껴졌다.

고집이 정말… 무혜에 버금갔다.

아마 이 상황이 똑같이 벌어졌고, 광검이 이 자리에 있었다면 무혜도 분명 좀 전 미오처럼 말했을 것이다.

'후우…….'

미오로 인해 떠오른 무혜.

무린은 무혜를 생각하자 가슴이 답답했다.

한명운 선생으로 인해 이 전쟁에 참가한 동생. 그것도 정말 너무나 중요한 역할을 수행하는 동생이다.

소향과 무혜.

전체적인 모든 조율, 지휘는 소향이 하지만 무혜는 이 마녀의 환란을 막을 수 있는 패(牌) 중에 하나인 무린을 위해 모든 것을 바치고 있다. 아등바등, 이 절망적인 상황에서도 그 똑 부러지는 심지를 꺼트리지 않고 여전히 불태우는 동생이었다.

선미(船尾), 그중에서도 맨 끝에 등을 기대고 앉은 무린.

"흐음……."

바닥에 앉자 나무에서 올라오는 특유의 까슬까슬함과 서늘함이 느껴지자 저도 모르게 코에서 숨이 흘러나왔다. 물론 차가워서 흘린 숨은 아니었다. 아직도 쿵쿵 뛰고 있는 심장 때문이었다.

기대와 불안으로 가히 혼돈이라 해도 될 정도로 이미 머릿속은 뒤죽박죽으로 변해 버린 상황이었다.

미오와 나눈 잠깐의 대화에서도 목소리가 떨릴 뻔했다. 다행히 돌리고 있던 비천신기의 묘용 덕분에 달달 떠는 목소리를 내는 창피함은 없었다. 하지만 비천신기의 도움으로 가라앉았을 만큼 흥분, 분노하고 있다는 뜻이었다.

'냉정, 냉정해야 된다.'

무린아, 제발…….

그렇게 속으로 스스로에게 냉정이라는 단어를 각인시켰다. 끝이 보이고 있다는 현실을 이미 마주했고, 여전히 자신은 그 속에서 투쟁 중이었다. 여기서 발 한 번 삐끗하는 순간? 끝은 그야말로 슬픔 가득한 이야기로 흘러 버릴 것이다.

그것도 몇몇 사람이 아닌, 정말 수를 셀 수 없을 만큼 많은 사람들이 울고불고 처절하게 절규하다가, 남은 모든 힘을 동원해 지랄발광을 할 것이다.

그리고 종내에는 체념으로 이어질 것이고, 마녀에 의해 시작된 종말을 맞이할 것이다. 그걸 막을 사람은?

있다.

'그중 하나가 나……. 잘못된 판단은 돌이킬 수 없는 일을 불러올 거야…….'

무린은 속이 복잡해 죽겠지만 앞으로의 상황을 생각 안 할 수가 없었다. 쉬었다가 해도 되겠지만 쉬다가 공격이라도 받으면? 그럼 생각은 이어나갈 수 없을 것이다.

어중이떠중이들도 아니다.

한번 공격이 시작되면, 그건 거의 파상공세일 것이다. 정말로 대충대충 들어오지 않을 것이니 온 힘을 다해 막아야 할 것이다. 그런 와중에 앞날을 생각한다?

자살하기 딱 좋은 방법이다.

'어떤 일이 벌어질지 모르지만 절대 냉정. 아니, 이미 냉정은…….'

잃었구나.

무린은 인정했다. 자신이 이미 냉정은 잃어버렸다는 것을. 단문영의 일 때문이었다. 희망이라는 놈이 생겨나니 가슴이 안절부절. 딱 이 상황이었다.

'음?'

초감각은 여전히 활성화 중이고, 그 감각 속에 아주 불쾌한 게 잡혔다. 아주 혐오감이 짙다. 악취가 마구 나는 것 같았다. 시체 썩은 냄새보다 더 심한 악취다. 물론, 초감각으로 느껴지는 기분이 그렇다는 소리였다.

근원지를 보니, 광검이 있었다.

독이 발작할 조짐을 보이고 있는 게 분명했다.

"떨어져!"

그때 미오의 날카로운 음성이 터졌고, 광검의 주변에 있던 낭인들이 즉각 광검에게서 멀어졌다. 마치 혼비백산해서 도망가는 것처럼 보일 수도 있지만, 그건 아니었다.

그들의 얼굴은 일그러져 있었다. 안타까워서, 자신들이 마음으로 따르는 대주가 독에 중독된 현실에서 자신들이 할 수 있는 게 아무것도 없다는 걸 알고 있어서였다.

모두가 거의 갑판의 끝까지 이동했다.

무린은 가만히 앉아 있을 수 없어 자리에서 일어났다. 초감각에서 느껴지는 썩은 내 가득한 악취가 점차 영역을 넓혀가고 있었다. 무린은 즉각 알아차렸다.

'이래서 떨어지라고 했군.'

독이 주변으로도 퍼지고 있던 것이다. 그 발작을 미오가 알아차려 떨어지라 소리 지른 것이고.

뻥 뚫린 전방으로, 죽은 듯이 누워 있는 광검이 보였다.

'허어…….'

게다가 실제로, 환상이 아닌 실제로 광검의 몸에서는 거무스름한 연기 같은 게 흘러나오고 있었다.

코, 귀, 입, 눈.

칠공이라 부르는 모든 부분에서 흘러나오고 있었다.

좌아악. 갑판 위에 싸늘한 예기가 사르르 흐리기 시작했다. 단순한 예기가 아니었다. 그 안에는 모든 찢어발길 포악함도 같이 있었다.

예기의 주인은 당연히 미오였다.

무린이 그랬던 것처럼 오라버니인 광검의 모습에 지금 분노하고 있는 것이다. 그러다 보니 감정 통제가 안 되고, 갈무리하고 있던 기세가 풀려 나오고 있었다.

물론, 그걸 보며 무린은 그녀의 정신 수양이 낮다고 생각하지 않았다.

자신도 그랬으니까.

'후우…….'

한차례 심호흡을 한 무린이 다시 광검에게 시선을 돌렸다. 광검의 신형은 정말 미동도 없었다. 들썩이는 것도 없었고, 정말 죽은 사람 같았다. 오직 검은 연기, 독이라 추정되는 그것만 움직이고 있었다.

'지독한…….'

진심으로 지독한 독이었다.

뭔가 독의 기질도 변했다.

초감각에 느껴지는 악취는 이제 둘째 치고, 사악함이 서서히 드러나기 시작했다. 그에 무린의 눈살이 절로 찌푸려졌다. 이런 것… 느껴본 적이 없었다. 마치 악귀, 요괴. 정말 그런 상상 속의 존재들에게서나 느껴질 법한 사악함이었다.

'인세의 것이 아닌 것처럼 느껴져.'

이런 독이 있었다면 구전으로든 뭐든 분명히 전해져 왔어야 했다.

소향도 많은 것들을 알고 있지만 이런 독이 있다고 말한 적이 없었다. 그건 어머니 호연화도 마찬가지였다. 무린은 둘이 알면서 말하지 않은 게 아니라, 모르니까 말할 수 없었던 것이라 생각했다.

독에 대한 얘기는 분명히 있었다.

그중 가장 대표적인 독은 칠보단장(七步斷腸)이라 불리는 당가의 절독이다.

당가 스스로가 그 흉포함 때문에 스스로 지워 버린 독. 물론 그 해독제를 만들기 극히 어렵고, 다루기도 어려운 것도 이유 중 하나였다.

절독이라 불렸던 것들을 무린은 몇 번 겪어 봤다. 비천성을 습격했던 흑영의 수하들이 입 사이에 숨기고 있던 비침에 묻은 독들도 절정 무인을 중독시키고, 정말 고생시키게 만들 수 있는 독이었다.

그 정도의 독을 초감각으로 느꼈을 때도 무린은 지독하다고 생각하지 않았다. 그렇다면? 이건 아예 격이 다른 독이라는 소리가 된다. 정말 좀 전에 불쑥 느낀 것처럼 인세의 독이 아닌 것이다.

'정심 소저가 고칠 수 있을까 모르겠군.'

이런 독이라면 정심 소저가 아니라, 의선녀 연정이 있다 하더라도 장담할 수 없는 일이라 생각됐다.

하지만 그것 보다 더 중요한 건…….

'광검은 살아야 할 자다.'

이게 더 중요했다.

광검이란 존재 자체가 현재 마녀의 환란에 너무나 중요했다. 무려 마녀의 동생. 서로 척을 지고 있지만 이 관계는 나중에 어떻게든 좋은 쪽으로 작용할 수 있다.

그런 생각을 하는 사이 검은 연기에서 느껴지는 사악함은 점차 도를 넘어서고 있었다. 이제는 숫제 악귀가 강신한 것이 아닐까 싶을 정도였다.

지금 당장 숨이 끊어져도 이상할 게 전혀 없는 상황. 무린이 시선을 광검의 동생에게로 옮겼다.

분노한 표정 사이에 흔들리는 동공도 같이 보였다. 누가 보더라도 당황하고 있었다. 그래, 당황…….

그걸 보며 이번에도 즉각 깨닫는 무린.

'이 정도까지 진행된 건 처음이군…….'

그렇다면?

광검이 죽을 수도 있다는 소리로 이어진다. 죽어서는 안 될 자가, 죽음의 강을 건너려 하고 있다.

그건… 곤란했다.

아주, 매우.

그런 마음에 무린의 발자국이 뚝, 하고 앞으로 나섰다.

第二百二章 요괴(妖怪)

단 한 발자국, 성큼 나간 발걸음은 정말 무린의 느끼는 감각을 확연히 바꿔놓았다.

안 그래도 무린은 사악함을 느끼고 있었다. 그런데 단 한 발자국을 나섰다고 공격받을 위기에 처했다. 본능적으로 광검의 칠공에서 흘러나오는 사기가 자신을 공격하려 한다는 것을 안 비천신기가 마구 요동치기 시작했다.

기이잉!

순식간에 끝까지 도착한 비천신기가 무린의 기질을 완전히 뒤바꿔 버렸다. 푸르른 머리카락이 올올이 서기 시작했고, 두 눈에서는 짙은 청광이 피어올랐다. 멈칫, 꿈틀거리며 무린을 노리던 사기가 움직임을 멈췄다. 그리고 무린의 주변을 천천히 배회하기 시작했다.

힐끗, 미오를 바라보자 그녀도 무린을 바라보고 있었다.

"……."

"……."

두 사람의 눈이 잠시 마주쳤을 때, 미오가 고개를 천천히 저었다. 다가가지 말라는 뜻이었다.

비천무제인 자신마저 다가가지 못하게 한다? 그렇다면 정말로 위험하다는 뜻이었다. 게다가 미오가 당황했던 걸로 보아 이 정도의 발작은 지금이 처음이다. 자칫 잘못하면 여기서 광검의 숨이 끝나는 일이 생겨도 하등 이상할 게 없는 상황이다. 그건 안 될 일이다.

소향이 준비한 패는 셋.

그중 하나가 자신이고, 다른 하나가 광검이다.

나머지 하나가 바로 소림의 한비담이고.

소향이 준비한 패인 광검이 이 자리서 죽는 것은 소향이 계획했던, 준비했던 일이 무너진다는 걸 뜻했다. 결코 이대로 둘 수는 없었다.

"어차피 광검이 죽으면 마녀를 막는 일은 요원해집니다. 위험해도 구해야 합니다."

"하지만 지금은 너무 위험해요. 지금처럼 사기가 들끓는 건 처음 있는 일이에요."

무린의 말에 미오의 입에서 나온 대답은, 의외로 굉장히 이성적인 판단을 거쳐 나온 답이었다.

그녀와 광검이 서로를 얼마나 아끼는지는 이미 알고 있었다.

자신이 무혜와 무월을 그리 챙기듯, 두 사람의 우애도 정말 좋았다. 그런데도 미오는 가까이 다가서지 말라 하고 있었다.

무린을 생각해서였다.

자신의 오라버니 때문에 무린이 잘못되는 일이 있어서는 안 된다는 걸 그 상황에서도 정확히 판단한 것이다.

이 부분은 정말 대단한 일이었다.

그러나 그런 미오의 판단에 따르지 못하겠는 무린이다.

성큼.

다시 한 발자국을 나섰다. 그러자 주변을 맴돌던 사기의 움직임도 역시나 변했다. 좀 더 빠르게 돌기 시작했고, 좀 더 무린과의 거리를 좁혀 오기 시작했다.

여차하면 공격하겠다는 모습을 아주 적나라하게 보여주고 있었다. 그 모습이 마치 먹이를 노리는 매… 아니, 뱀의 모습에 가까웠다.

기사(奇事)였다.

하지만 이 정도 일에는 이제 무린도 면역이 아주 강하게 생긴 상태였다. 어지간한 일이 아니고서는 놀랍지도 않았다. 광검도 자신처럼 범상치 않은 운명을 타고난 사내다. 단문영은 광검을 보고 그의 뒤에 두 개의 존재가 겹쳐 있다고 했다.

하난 사람의 영(靈)이고, 다른 하나는 요괴의 영(靈)이라고 했다. 저 사기는 분명 후자의 영(靈)이 내뿜는 사기임이 분명했다.

'믿는다.'

무린은 비천신기를 믿었다.

신기. 말 그대로 신기라 불리는 녀석이었다.

하, 중, 상단 전체에 자리 잡고 있던 삼륜공을 바탕으로 하나로 뭉쳐진 녀석이 바로 비천신기다.

육체 방어, 정신 방어, 그리고 공격까지. 모든 부분에서 특출함을 넘어 가히 신기에 가까운 효능을 보여주는 게 바로 비천신기.

그럼으로써 주인을 지키는 절대적 신기.

그런 비천신기를 무린은 믿었다.

결코 사기(邪氣) 따위에 밀리지 않을 거라는 절대적 믿음도 있었다.

다시 성큼.

무린이 한 발자국 나가자 미오의 목소리가 다시 들려왔다.

"사기에 중독되면 주화입마에 빠져 마인이 됩니다. 지금까지 광검대의 수하 다섯을 제 손으로 베었으니 더 이상 다가가지 마세요."

차디찬 경고.

그 소리를 들은 무린은 속으로 고개를 끄덕였다.

사기에서 느껴지는 것은 혼탁함, 그 자체다. 인간의 정신 상태로 표현하자면 미치광이에 가까운 감정이 적나라하게 들어가 있었다. 정신이 약하면 중독은 시각 문제고, 중독되는 순간 이성을 잃고 주변을 모두 파괴하려 하는 광인이 되는 것이다.

그래서 그렇게 중독된 광검대의 낭인 다섯을 미오가 직접 베어버린 것이고.

"걱정 마십시오. 위험하다 생각되면 바로 빠지겠습니다."

"……."

돌아보지도 않고 내놓은 무린의 답에 미오는 침묵으로 되받아쳤다. 침묵은 긍정이라, 비천무제 정도쯤 되니 더 이상은 말리지 않은 것이다. 그리고 위험하면 빠지겠다는 말을 믿은 것이고.

무린은 다시 한 발자국 내딛었다.

스으윽.

그러자 지체 없이 사기도 무린에게 좀 더 전급했다. 이제 광검과의 거리는 약 십 보 정도 남았다.

무린이 좀 전에 미오에게 한 말은 거짓이 아니었다. 광검을 살려야 하는 것은 맞지만, 만약 사기를 감당할 수 없다고 판단되는 순간 즉각 몸을 뺄 생각이었다. 무린의 최우선 과제는 역시 생존이다. 생존, 살아남는 것. 그것 하나를 목표로 삼아 지금까지 처절한 삶의 투쟁을 이어온 무린이 아니던가.

자신의 목숨을 걸 생각까지는 아니었다.

'아직은 괜찮다.'

사기는 분명 지독했다.

하지만 비천신기의 공능이 그 사기의 침범을 아직까지는 완벽하게 막아내고 있었다.

물론 거리가 가까워지면 가까워질수록 사기의 영향력 또

한 강해질 테니 안심할 수는 없었다.
다시 두 걸음을 내딛는 무린.
그러자 이번엔 확연하게 비천신기와 사기의 대립이 느껴졌다. 팽팽하지만 비천신기의 공능이 좀 더 우세했다.
그러나 몇 걸음 더 들어가면 어떻게 상황이 변할지 예상이 가는 무린이었다. 지독한 사기의 공격이 시작될 것이다.
'이런 지독한 요괴를 품고 있었나…….'
광검, 위석호.
느껴지는 정도만 봐도 아주 사악함의 극치다. 이 정도면 정신이 박살 나도 이상할 게 없었다. 범인이라면 진즉에 미쳐 광인이 되었을 정도다. 그런데도 위석호는 버텨내고 있었다.
'북방에서 거의 실성인처럼 보였던 것도… 당시에는 통제가 제대로 안 됐나 보군.'
위석호와 처음 만났을 때, 거대한 흑마를 타고 나타난 그와 무린은 만남 즉시 부딪쳤다. 광인처럼 무린을 공격했던 그다.
절정지경의 미치광이 검수.
이해가 안 갔던 게 지금 풀렸다.
그는 지금까지 사력을 다해 품에 안은 요괴를 제어하려 했던 것이다.
'그러면서도 그 정도의 무력을 보여줬군. 과연…….'
대단하다.
마녀의 동생이라더니, 그 재능이 가히 무서울 정도였다. 요괴가 없었다면? 광검은 아마 더욱더 강력한 무력을 보여줬을 것이다.
하지만 무린이 모르는 게 있었다.
광검, 위석호.
본래 그와 요괴는 떼려야 뗄 수가 없는 사이라는 것을.
생각을 정리한 무린이 다시 두 걸음 내딛었다.
꿈틀!
스아악!
마치 뱀처럼 꾸물거리며 무린의 주변을 돌던 사기가 더 이상 무린의 접근을 허용치 못하겠는지 이번에는 덤벼들었다.
정확하게 무린의 머리를 노리고였다.
척! 처저적!
그런 사기의 돌격에 무린과 광검을 둘러싸고 있던 광검대원들이 바로 무기를 들어 경계 태세를 취했다.
절정을 넘은 탈각의 고수인 무린이다. 게다가 이후 한 번의 각성까지 끝낸 무린이다. 격이 완전히 달랐다.
그런 무린이 사기에 중독되어 광인이 된다면?
상상하기도 싫은 일이 벌어질 것이다. 미오가 제압할 수 있을까? 가능할 수도 있다. 다만… 그녀도 목숨을 걸어야 할 것이다. 지금 미오와 무린의 경지는 정말 조금의 차이도 없으니까. 하지만 그런 일은 벌어지지 않을 것 같았다.
"음……."
"……."
짧은 탄성이 최초 흘렀고, 그 다음은 그냥 침묵이었다. 무린도 침묵한 이 중 하나였다. 다만 시선은 정확히 자신이 손만 뻗으면 닿을 정도의 거리에서 더 이상 전진하지 못하고 낑낑거리고 있는 사기를 향하고 있었다.

무린의 주변으로는 푸르스름한 실낱같은 기가 흐르고 있었다. 육안으로도 확인이 가능할 정도였다.

비천신기의 막이다.

사기의 침범을 절대로 용납하지 않겠다는 듯이 아주 맹렬하게 회전하고 있는 비천신기. 역시 믿음이 갔다.

무린은 다시 한 발자국 내딛었다.

그러자 사기는 그만큼 밀려나갔다.

무린의 비천신기를 사기가 감당치 못하는 것이다.

안심한 무린은 빠르게 걸어 어느새 광검의 지척까지 도달했다. 위에서 광검을 내려다보는 무린. 그의 얼굴은 아예 새까맣게 죽어 있었다. 마치 흑연을 갈아 얼굴에 마구 문지른 모습이었다. 하지만 그럼에도 얼굴은 평온했다. 정말 아무 일도 없는 것처럼 평온하기만 한 얼굴을 본 무린은 지금 이 상황은 그의 의지와는 아예 별개의 의지로 벌어진 일이라는 것을 알 수 있었다.

'원인은 분명 있다.'

세상 모든 일에는 반드시 원인이 있다고 생각하는 무린이었다. 그런 자신의 기준에 따라 초감각을 광검에 집중하는 무린. 사기를 걷어내고, 광검이란 인간의 육체에 집중하는 무린이었다. 확실한 상황 파악을 위해 살짝 무릎을 굽히고 앉아,

조심스럽게 광검의 맥으로 손을 뻗었다.

의학 지식은 크게 뛰어나지 않지만 비천신기만 들어간다면 어떤 일이 벌어지고 있는지는 알 수 있는 무린이다. 손을 잡기 전 미오를 보는 무린.

미오는 딱딱하게 굳은 얼굴로 자신을 보고 있었다. 거의 무표정이던 그녀의 얼굴에 표정이 생겼다? 좀 더 자세하게 보자… 아랫입술을 깨물고 있는 것도 보였다.

마치 분한 표정처럼 보였다.

말없이 시선만 마주치고.

"……."

"……."

대화는 나누지 않는 두 사람이다.

시선을 다시 광검에게 돌린 무린. 그러면서도 미오의 표정에 대한 짧은 생각이 스쳐 갔다. 하지만 금방 그런 상념을 떨쳐 내고, 광검의 맥을 잡았다.

잡는 순간 찌릿! 마치 감전된 것처럼 찌르르한 감각이 손끝에 일어났으나 비천신기가 주인을 해하게 만들 생각이 없는지 단박에 녹여 버렸다.

'후우…….'

조심스럽게 한숨을 쉬고 비천신기를 아주 조금 흘려 넣는 무린. 다행히 저항 없이 비천신기가 광검의 맥을 타고 들어갔다.

'원인… 분명 원인이 있을 것이다.'

광검이 품고 있는 요괴가 날뛰는 원인이.

천천히, 무리하지 않고 비천신기를 움직이던 무린은 최초 미오가 했던 말이 떠올랐다.

'독.'

요괴의 사기를 독이라 말한 건가?

판단을 내리기 위해 무린은 다시 미오를 바라보며 입을 열었다.

"따로 독에 중독된 적이 있습니까?"

"……."

그녀는 무린의 말에 말 대신, 고개만 끄덕여 대답했다. 그러자 무린도 고개를 끄덕였다. 그렇다면 역시 독이 원인이다.

광검도 탈각의 무인.

분명 상, 중, 하단전을 전부 사용할 거라 생각한 무린은 일단 하단전으로 비천신기를 천천히 보냈다.

이상 무.

중단전으로 다시 보냈다.

역시 이상 무.

'그렇다면 상단. 정신에 직접적인 영향을 끼치는 독인가? 혼심처… 아!'

그렇게 생각하는 순간 미처 말릴 틈도 단문영, 그녀가 생각났다. 그녀의 존재는 이 순간에도 불쑥 떠올라 무린을 자극했다.

상념을 털어내는 무린.

그녀의 생과 사.

아직 어느 것도 확정된 게 없다고 생각한 무린이다. 그렇게 마음먹었다. 그녀가 살아 있다는 기대감을 무린은 아직 버리지 않았다.

'집중…….'

지금 당장은 광검부터.

상단에 도착하자 역시나, 고약한 악취를 풍기는 독성을 감지해 내는 비천신기였다. 이게 원인이었다. 요괴의 기운을 풀어, 날뛰게 만든 원인.

무린은 천천히 접근했다.

절대 섣부르게 접근하지 않았다. 천하의 광검을, 탈각의 무인인 위석호를 중독시킨 독이다. 그런 독이 결코 가벼울 리가 없다는 것은 아주 기본적인 상식이다.

무린의 비천신기가 다가가자, 고약한 악취를 풍기던 독성이 바로 비천신시의 기척을 알아차리고 경계에 들어갔다.

으르렁! 마치 네발 달린 맹수가 위협하는 것처럼 느껴졌다.

'고약하군…….'

경계심도 강하고 독성 자체도 만만치 않았다. 움직이는 생물처럼 느껴지는 독. 이런 독은 혼심 이후 처음인 무린이다.

천하의 광검이 중독당할 만한 이유가 역시 있는 독이었다.

살짝 다가가자 경계심이 더욱더 올랐는지 좀 더 크게 움직이는 독성이다. 그에 따라 자극받은 사기의 분출도 거세졌다.

그래서 무린도 비천신기를 정말 극한까지 끌어올렸다. 화르르 타오르는 무린의 기파. 사기의 침범을 절대적으로 불허하고, 짙은 청광이 머무른 두 눈은 광검의 상단에 고정시켰다.

'일단 독성부터 멈춰야 한다. 그래야 요괴의 사기도 가라앉을 거야.'

확실한 근거는 없었지만, 원인을 잠재우면 요괴의 사기도 자연히 가라앉지 않을까 싶은 무린이었다.

일리가 있는 생각이었다.

요괴의 발작은, 독의 발작이 원인이니까. 독의 발작만 멈추면 요괴의 발작도 멈춘다는 가설은 확실히 그럴싸했다.

'차분하게, 천천히, 하지만 단번에 잠재워야 한다.'

하지만 그게 쉬울까?

마치 혼심처럼 살아 움직이는 놈인데?

지성이 있는 것처럼 행동하는데?

본능까지 살아 있는 것 같은데?

그래도 해야만 했다.

가능성은… 있다.

'비천신기로 단번에 위협한다.'

지성도 있고, 본능도 있다.

만약 비천신기가 훅 들어오려 한다면? 무린의 비천신기는 말 그대로 신기다. 게다가 사마의 제압에도 효과가 있었다. 사기의 침범을 막은 것을 보아 이미 증명된 사실이다. 그렇다면 독은? 독도 사기(邪氣)에 가깝다.

장독, 시독, 식물독, 동물독, 혼합독 등등, 많은 종류의 독이 있지만 대부분이 사기의 형태를 가지고 있다. 특히 장독과 시독은 말할 것도 없었다.

무린의 생각대로라면, 분명 최초 원인인 상단을 감염시킨 독은 발작을 멈춘다. 하지만 이건 무린 혼자 결정할 문제가 아니었다.

이자는 광검.

자신의 선택으로 광검이 죽는다면? 그건 생각만 해도 끔찍했다.

"상단을 감염시킨 독을 위협하겠습니다. 지성과 본능이 살아 있는 독이니… 비천신기로 위협하면 분명 일단 잠잠해질 거라 생각합니다."

조용히 입술을 열어 말을 끝낸 무린.

뒤에 부연설명은 더 하지 않았다. 미오 정도 되는 여인이라면 저 말대로 제대로 안 됐을 때의 상황도 충분히 예상이 가능할 것이다. 그리고 선택을 넘겼다는 것도. 지금 손을 떼고 물러나느냐.

아니면 강행하느냐.

어느 쪽에도 일단장단이 있다.

그리고 그건 전부 광검의 생명과 연관되어 있다. 무린이 손을 떼고 물러났는데 독의 발작이 멈추지 않으면? 광검이 버티지 못하면? 눈 뜨고 광검이 죽는 걸 보아야 한다. 물론, 독의 발작이 자연히 멈출 수도 있다. 이 경우는 차라리 손을 안 대는 게 답이다.

반대로 무린이 손을 쓴다면? 만약 독의 발작이 멈추지 않을 경우라면 무린이 손을 쓰는 게 답이다. 그렇지 않으면 광검이 죽으니까. 하지만 반대로 무린의 방식이 독성에 오히려 반발하면? 안 그래도 간당간당한 광검의 숨을 꼴까닥, 넘어가 버리면?

큰 문제가 된다.

어느 것도 정해진 것이 없는 상황이다.

'하지만 가만히 손 놓고 있는 것보단 낫다.'

정해진 것이 없다면, 차라리 스스로 정하는 게 낫다고 생각하는 무린이다. 조용히 가라앉을 때까지 기다리는 것, 그건 무린이 가장 싫어하는 방식이었다. 물론 자신의 생각을 타인에게 강요할 생각은 없었다.

어디까지나 선택은 미오가 하는 게 옳았다.

"가능하겠어요?"

조용한 미오의 대답이 들려왔다.

하지만 아직 판단을 하지 못해 나온 질문이었다. 무린은 그걸로 뭐라 하지 않고, 다시 미오의 질문에 대답했다.

"가능하다 생각하고 있습니다."

"음……."

무린이 대답하자마자 신음을 흘리는 미오. 이해한다. 자신의 선택으로 광검의 생과 사가 결정되니까. 당연히 신중할 수밖에 없었다. 사고는 깊게 가지는 게 좋지만, 장고는 피해야 했다. 어떻게 상황이 변할지 모르니까.
그래도 무린은 재촉하지 않았다. 그녀가 충분히 생각할 시각을 줬다.
물론, 그렇게 해주는 이유는 아직 독성이 경계만 할 뿐 아무런 움직임도 보이고 있지 않아서였다. 만약 언제든 틈을 노리려 움직였다면 그녀가 생각할 시간을 줄 수 있을 리가 없었다. 시간은 빠르게 흘렀다. 주변의 사물도 쉬쉬 지나갔다.
반각이 순식간에 흘렀고.
"부탁드려요."
"……."
대답이 들려왔다.
그 대답에 무린은 대답 대신 고개만 끄덕였다. 후우, 심호흡을 내쉰 무린은 맥을 통해 흘리고 있는 비천신기의 양을 늘렸다. 천천히, 아주 천천히.
'놈이 눈치채지 못하게.'
그렇게 양을 늘리고 늘려서… 순식간에 거대해진 비천신기로 위협해야 한다. 그래야 놀라 도망갈 테니까.
무린은 독성의 움직임을 집중적으로 살피면서 비천신기의 양을 계속해서 늘려갔다. 실 같던 비천신기의 끈이 점차 두꺼워졌다. 아주 천천히 그 두께를 더해 나갔다. 반각이 다시 흘렀을 때, 비천신기의 끈은 손가락 굵기만큼 커져 있었다.
'아직 부족해.'
그러나 무린은 이 정도로 놈이 놀라지 않을 거라 생각했다.

지성도 있는 것 같고, 거기에 더해 본능이 살아 있는 독. 기가 막힌 독이다.

혼심이 있으니 믿지 않을 도리도 없는 이놈의 독은 어지간해서는 놀라지도 않을 게 분명했다. 단번에, 딱 한 번에 생명의 위협을 줘야 했다.

다시 반각.

꾸준히 흘려 넣은 비천신기가 이제는 손가락 세 개만큼 굵어져 있었다. 그리고 다시 일각. 손목의 두께 정도가 되자…….

'됐다.'

이 정도면 충분하다고 생각했다. 잡아 죽일 수 있으면 좋겠지만, 비천신기로 저놈과 부딪치는 순간… 광검의 상단전이 버틸 수 있을지가 의문인지라, 단순히 발작만 가라앉히는 걸로 끝내야겠다고 결정했다.

놈의 기색을 살피는 무린.

여전히 경계심만 잔뜩 끌어올린 채, 대기하고 있었다. 그게 기가 막힌 무린이었다.

'간을 보는 것도 아니고…….'

혼심보다 더욱 까다로운 놈이었다.

하지만 첫 만남은 이제 그만 끝내야 할 시각이었다. 후흡, 후우… 심호흡을 한 번 한 뒤, 무린은 눈을 빛냈다.

'멈추지 말고, 부딪칠까 걱정하는 내색도 내지 말고!'

단순에.

밀어붙인다.

화악!

무린의 비천신기가 득달같이 놈에게 달려들었다. 가만히 있다가 거대해진 크기의 내력을 뒤에서부터 끌어올려, 정말 초속으로 덤벼들자 역시나 놈이 화들짝 놀랐다. 그리고 순식간에 뒤로 꽁무니를 빼기 시작했다.

상단을 한 바퀴 돌면서까지 무린은 놈에게 달려들었다.

'우윽……!'

놈이 지나간 자리를 비천신기가 지나갈 때마다 구역질나는 감각이 초감각을 통해 무린의 뇌리로 전달됐다. 구토가 나올 것 같았다. 아니, 실제로 신물이 울컥 올라올 정도였다. 먹은 게 없어 그렇지, 뭘 먹었다면 그대로 토악질을 했을 것이다.

꿀꺽!

올라오는 신물을 억지로 삼킨 무린이 악착같이 놈을 쫓았다. 마치 꼬리잡기처럼,

'느슨하게 쫓아서도 안 돼!'

정말 잡아먹을 것처럼.

잡아 부숴 버릴 것처럼.

기이잉!

한계에서 더욱더 올라가는 비천신기, 무린이 내력을 조종하는 속도가 더욱 빨라졌다. 조금씩 격차가 좁혀지기 시작했다. 마치 꼬리잡기를 하는 것 같았다. 결국은 무린이 먼저 놈의 꼬리를 잡을 것 같았다.

하지만 점점 초조해지는 것도 사실이었다.

부딪치면 안 된다.

부딪쳐서 생기는 반발력을 광검이 버티지 못하니까. 무린의 목적은 어디까지나 놀란 놈이 사라지는 걸 바랄 뿐이다. 그게 애초의 목적이다.

그런데 놈이 그걸 알아서도 안 된다.

혼심과 같은 불가해한 독성이다. 알아차리는 순간 오히려 역으로 비천신기를 향해 달려들지도 몰랐다.

그것만큼은 반드시 피해야 했다.

그렇게 계속해서 쫓고 쫓기는 추격전이 이어졌다. 상단을 몇 차례나 돌았을까? 어느 순간. "아……"

하고 무린이 불식간에 탄성을 흘렸다.

다행이다.

갑자기 놈이 기척이 쏙 사라졌다.

정확하게는 광검이 가진 상단의 내력 속으로 숨어들었다. 기사(奇事)는 그 순간 다시 일어났다. 푸르스름한 빛에 휩싸여 있던 무린, 그런 무린을 감싸고 있던 사기가 다시금 광검의 칠공을 통해 흡수되기 시작했다.

지독하게 기어 나와 거의 검은 운무 수준으로 무린을 감싸고, 계속해서 두들기던 사기가 순식간에 걷혀가기 시작했다.

"아……."

무린이 흘렸던 탄성과 비슷한, 그러나 음색은 여린 탄성이 흘러나왔다. 누군지 볼 필요도 없었다.

미오였다.

그녀는 지금 일어나는 현상으로 비천무제 진무린이 자신의 오라버니를 구했다는 것을 알 수 있었다.

무린은 사기까지 완전히 사라지고 나서야 광검에게서 손을 떼고 일어섰다. 후두둑, 무린의 육체가 세워지자마자 전신에 매달려 있던 땀방울들이 후두두 떨어져 갑판에 부딪치며 터져 나갔다.

마치 땀으로 전신을 목욕한 것 같은 무린.

그 짧은 시각 안에 과도한 심력 소모, 내력 소모, 그리고 육체적 체력까지 소모한 것이다. 그만큼 지금의 짧은 추격전이 준 영향이 컸다.

저벅, 저벅저벅.

미오가 빠르게 다가왔다.

그리고 광검의 옆에 앉아 그의 안색과 상태를 살폈다. 호흡은 골라졌다. 피부색도 다시 정상으로 돌아왔다.

생과 사의 갈림길에서 사투를 벌이던 광검이 다시금 생의 길로 들어선 것이다.

"하아……."

깊은 안도의 한숨과 함께 일어난 미오가 무린을 향해 돌아섰다. 그리고 꾸벅, 깊게 상체를 숙여 예를 표했다.

"감사, 합니다."

뚝뚝 끊어지는 목소리.

"……."

무린은 그 말에 대답하지 않고, 뒤로 물러났다. 그리고 선미의 끝에 등을 기대고 스르륵, 거의 무너지듯이 주저앉았다.

"후우……."

솔직하게 말해, 대답할 기운도 없는 무린이었다. 정신적 압박이 너무나 컸기 때문이었다. 하지만 잠시 뒤 무린은 가부좌를 틀고 앉았다. 운기 자체에 사실 자세의 형태는 중요하지 않지만 그래도 정석의 자세를 취하는 무린.

가장 안정적인 자세로 소모된 진기를 빠르게 되돌리겠다는 무린이었다. 우웅, 기잉, 기이잉! 비천신기가 돌기 시작했다.

소모가 아닌, 회복의 움직임이었다.

그런 무린의 앞으로 낭아검과 낭아도가 날듯이 다가와 지척에 섰다. 그리고 둘의 전방으로 다시 다섯이 섰다. 또 열이 주변을 아예 에워쌌다. 대주를 구해준 무린을 지켜주려는 의도였다. 물론, 크나큰 고마움 때문에 나온 행동이었다.

"홍택호! 들어섭니다!"

하는 소리를 듣고 무린은 무아지경에 빠져들었다.

第二百三章

홍택호(紅澤湖)

홍택호는 크다.

갈대 습지나 작은 섬들로 이루어져 있어 몸을 숨기는 데에도 안성맞춤이었다. 이곳으로 들어서며 무린은 한동안 적의 추적을 뿌리칠 수 있을 거라 생각했다. 그리고 그 생각은 맞았다. 배를 모는 선장이 이곳을 아주 잘 아는 이였는지, 요리조리 돌고 돌아 배를 몰아 내려갔다. 그리고 그동안 마군과의 조우는 없었다.

이틀이 지날 때까지도 마군과의 조우는 없었다. 덕분에 무린은 몸 상태를 최적으로 끌어올려 놓을 수 있었다.

지금 상황이라면 마군이 들이 닥쳐도 충분히 막을 수 있을 것 같았다. 하지만 다시 하루, 이틀이 지나 홍택호를 빠져나가기 시작하자, 마음속에서 이상하게 불안감이 떠오르기 시작했다.

불안의 이유는 딱 하나.

'너무 조용하다.'

좋은 일이긴 하다.

하지만 반대로 너무 조용하니 오히려 그게 폭풍이 오기 전의 고요함처럼 느껴졌다. 게다가 무린이 아는 마군의 정보력은 상상 이상이다. 그 옛날부터 정보력에 있어서는 개방과 견주어도 항상 대등했던 하오문이 바로 마군의 정보처다.

그런 하오문이 지금 현재 무린이 있는 위치를 정말 잡지 못했을까? 그래서 마군과의 조우가 없는 것일까?

'아니, 그건 아니다.'

고개가 즉각 저어졌다.

사일이면 충분히 이 배의 위치를 잡고도 남았을 것이다. 그게 불가능했다면 여태 하오문이 보여줬던 정보력은 하오문 것이 아닌 게 된다. 그들이 천하각지에서 일어나는 수많은 일들 중 모르는 건 없다고 봐야 할 것이다.

'게다가 이쪽은 중요하지. 집중됐을 확률이 커. 천라지망도 그렇게 돌았으니까…….'

천라지망을 형성함에 있어 가장 중요한 건? 바로 그 대상의 위치다. 그게 아니라면 대상이 움직인 흔적으로 인한 위치 유추.

제아무리 물샐틈없이 둘러싼다 하더라도 대상의 위치를

놓치면 말짱 꽝이다. 북으로 가는 줄 알았는데 남하하고 있다면? 포위망이 뚫리는 순간 천라지망 자체가 그 즉시 깨져 버린다. 그러니 추적 전문가들이 수두룩하게 무린과 광검을 대상으로 한 천라지망에 투입됐을 것이다. 그 능력은 이미 유동적으로 움직이는 천라지망을 통해서 입증됐다. 그런데 지금은 어떤가? 벌써 사 일이나 조용하다.

겨우 사 일이 아니라, 무려 사 일이다.

'좋지 않다. 이건.'

무린은 이 상황이 결코 반길 일은 아닐 거라는 생각이 들었다. 그건 직감이었고, 틀리지 않을 것이라 확신까지 했다.

무린이 시선이 들리고, 갑판에 기대어 조용히 쉬고 있는 이들에게 향했다. 제각각 쉬는 자세도, 방식도 다르지만 하나 똑같은 게 있었다.

모두 예민하게 감각을 세워놓고 있는 점이다. 혹시 모를 기습에 대비해 감각계에 대한 긴장의 끈을 놓지 않고 있었다. 며칠 공격이 없으면 좀 놓을 만도 한데 이들은 결코 그런 모습을 보여주지 않았다.

비천대에 버금가는 정예였다.

무린이 시선이 돛을 매단 기둥에 기댄 채 쉬고 있는 낭아검과 낭아도에게 향했다. 미오와 광검은 이미 아래쪽 선실로 들어가 있었다. 반수 이상이 둘을 호위하기 위해 내려가 있었고, 남은 이들은 여기서 쉬고 있었다.

스윽.

"……."

"……."

남매가 무린의 시선을 거의 동시에 느끼고 고개를 들어 무린을 바라봤다. 무린을 바라보는 표정에 경계심이나 적대심은 아예 없었다. 무린은 이미 광검을 살린 생명의 은인. 이들은 무린을 은인처럼 대했다. 잠시 후 끔뻑이는 눈동자. 무린이 던진 시선의 진위를 파악하고 있는 모습이었다.

"얘기 좀 했으면 좋겠습니다."

무린의 입이 가볍게 열리자 남매가 동시에 벌떡 일어섰다. 그리고 가벼운 걸음으로 무린이 있는 곳으로 다가왔다.

무린도 기대고 있던 등을 떼고 자세를 바로 했다.

"무슨 일이신지."

낭아검이 물었다.

"뭔가 이상합니다."

"네?"

무린이 이상하다고 하자 눈을 살짝 치켜뜨는 남매. 아직까지 위화감을 못 느끼고 있는 걸까? 무린이 재차 설명하려 하는데 낭아도가 먼저 입을 열었다.

"혹시 너무 조용해서 이상하다는 말씀이세요?"

"예."

역시 여인이라 그런가, 촉이 매우 좋았다. 무린이 그렇다고 대답하자 낭아도 역시 고개를 주억거렸다. 행동거지로 보아 낭아도 역시 뭔가 이상하게 상황이 흘러가고 있는 걸 느낀 것 같았다.
낭아검이 고개를 갸웃했다.
"뭔 소리야?"
"이상하다는 생각 안 들어?"
"뭐가 이상한데?"
"너무 조용하잖아."
그러자 낭아검이 인상을 슬쩍 찌푸렸다. 깨달아서 찌푸린 게 아닌, 낭아도가 여기까지 말했는데도 이해를 못해 답답해서 나온 찌푸림이었다.
"알아듣게 설명 좀 해봐."
"아, 진짜. 너무 조용하다고. 그게 전부지, 뭘 더 알아듣게 설명해?"
"……."
낭아검의 표정에는 이제 짜증까지 서렸다.
그걸 보며 무린은 속으로 한숨을 내쉬었다. 낭아검은 검은 잘 쓰지만, 머리를 쓰는 데는 정말 취약한 것 같았다. 장팔, 녀석과 딱 비슷했다.
낭아도가 답답하다는 얼굴로 설명을 다시 이었다.
"마군의 정보력이 어디서 나와?"
"하오문."
"그치, 하오문이지. 그럼 하오문의 정보력이 어느 정도인지는 알지?"
"물론! 천하에 그들이 모르는 건 없다고 봐야지."

"그래, 하오문의 정보력이 그 정도야. 그럼 여기서 질문. 과연 하오문이 지금 우리 위치를 못 잡았을까?"

"그야……."

입술은 열었지만, 확신이 없는 낭아검이다. 그에 낭아도가 한심스럽다는 표정을 지었다. 무린도 속으로 낭아검을 참 답답하다고 생각했다. 만약 나중에 둘이 대화를 나누면 정말 속 터져 죽을지도 모르니 최대한 피해야겠다는 생각도 물론 같이했다.

"잡았어. 무조건 우리 위치는 하오문도 알고 있어. 그런데 공격을 안 해. 막지도 않아. 이게 정상이라고 생각해?"

"……."

그제야 짜증스럽던 표정이 심각한 표정으로 변해갔다. 이제야 눈치챈 것이다. 사 일 동안 아무런 공격도 없다는 게 결코 정상이 아니라는 걸.

"게다가… 여기엔 대주와 부대주. 그리고 여기 비천무제도 함께 있지. 마녀가 필요한 힘이 두 개나 이곳에 있는 형국이야. 그런데도 잡을 생각은 안 하고 방치하고 있어. 천라지망을 펼쳐 몰이를 하던 때와 너무 다르다는 소리야."

정답이다.

아주 제대로 짚었다. 무린이 사태가 좋지 않다는 데 확신한 이유도 바로 좀 전 낭아도가 했던 이야기에 전부 들어 있었다.

"맞습니다. 그러니 앞에 뭔가 있다고 봐야 합니다."

"어디쯤일까요?"

무린은 생각해 봤다.

지금까지 조용했지만 끝가지 조용할 리가 없었다. 분명 뭔가 노리고 공격을 해올 것이다. 그럼 그 위치가 어디냐.

이걸 알아내는 것도 매우 중요했다.

위치에 따라 마군이 원하는 것, 나아가 마녀가 원하는 것을 유추할 수 있을 테니 말이다. 무린은 머릿속에 있는 강소성의 지도를 떠올렸다. 그중 이곳, 홍택호의 강줄기가 이어지는 곳을 집중적으로 떠올렸다.

'가장 가능성이 높은 곳은… 양주를 지나서 갈림길이 나올 때.'

양주를 지나 조금만 더 가면 수로가 양쪽으로 나눠진다. 거기서 우회하면 남경으로 가는 수로로 들어서고, 그대로 직진으로 남하하면 끝은 바다다.

"양주가 아닐까 싶습니다. 정확히는 양주를 지나 갈래가 나오는 곳."

"남경으로 못 가게 막으려고 할까요? 미리 그쪽에 병력을 주둔시켜 놓고?"

"가능성이 없지 않습니다. 아니, 매우 높다고 생각됩니다."

현재로 봤을 때는 그곳이 가장 유력하다.

'그리고 우리를 남하시키려고 한다면 혜가 말했던 것처럼 바다 어딘가로 나를 스스로 가게 만들 생각이겠지.'

그렇다면 가설에 신빙성이 더해진다.

정말 마녀의 목적은 바다 어딘가가 되는 셈이고, 그 어딘가에 정말 상상조차 안 되는 뭔가가 있다는 뜻이다.

'그렇다면…….'

절대로 가서는 안 된다.

몰이 당하는 순간, 최악의 결과를 맞이해야 할 것이라는 예감이 들었다.

'반드시 남경으로 가야 된다.'

가서 일단 비천대와 합류하고, 단문영의 존재도 확인해야 한다. 그리고 지금 이 순간 무린은 단문영의 빈자리를 다시 한 번 절감했다. 이런 상황일 때, 단문영이 있었다면 그녀를 통해 군사와 소통할 수 있었을 것이다.

하지만 그게 불가능하니… 그녀의 존재감이 다시 한 번 드러나는 순간이 바로 지금이었다.

"어떻게 하시겠습니까? 그대로 갈까요?"

"선장에게 양주까지 얼마나 걸리는지 확인 좀 해주시겠습니까?"

"네, 잠시만."

무린의 말에 낭아검이 대답하고 바람처럼 사라졌다. 그가 사라지자 이번엔 낭아도가 입을 열었다.

"차라리 뭍으로 올라가는 게……."

"그건 좋지 않습니다. 천라지망을 돌파했다는 확신이 없습니다."

"아……."

뭍으로 가는 것도 방법 중 하나이긴 하겠지만 무린은 그게 그다지 좋지 않을 선택이라는 예감이 들었다. 잘못하면 포위망에 빠져 허우적거리다가 골로 가는 수가 있었다.

"부대주를 모시고 오겠습니다."

"예."

낭아검에 이어 낭아도도 미오를 데리러 사라졌다. 잠시 기다리자 낭아검이 먼저 경신술까지 발휘해 돌아왔다.

"별일 없으면 이틀이면 들어선답니다."

"이틀……."

길다 생각하면 길고, 짧다 생각하면 또 짧은 시간이다. 하루 열두 시진이니 총 이십사 시진. 이 안에 결정을 내려야 했다. 그대로 강행 돌파할 것인가. 아니면 다른 방도를 찾아 움직일 것인가.

고민이 될 수밖에 없었다.

게다가 문제가 있다.

지금까지 말했던 모두가 유추일 뿐이지, 확정된 게 하나도 없다는 점이다. 확정도 안 됐는데 왜 이리 호들갑이냐 하겠지만, 그건 잘못된 생각이다. 이미 일이 벌어지고 나서 움직이려 하면 늦다.

먼저 상대의 의도를 파악 후 움직이는 건 병법에도 기본이라 했다. 그래서 정보가 그렇게 중요한 것이다.

'어떡해야 하나…….'

아, 무혜와 소통을 할 수 없다는 점이 정말 너무나 불편했다. 이런 일이 발생시, 자신의 생각보다는 무혜의 생각이 훨씬 더 적중률이 높았다. 괜히 군사가 아닌 것이다. 괜히 천리통혜라 불리는 게 아닌 것이다.

무린이 고민하는 사이 낭아도가 미오와 함께 올라왔다. 올라오면서 자초지정을 들었는지 표정이 한껏 굳어 있었다. 안 그래도 냉막한 인상이 아예 서리가 낄 것처럼 변했다. 그녀는 광검의 발작 이후 정말 심기가 단단히 불편해져 있었다.

잘 벼려놓은 칼날 정도가 아닌, 손을 근처에 가져다만 대도 베일 정도의 예기를 뿜고 있었다.

“오면서 들었어요. 무제의 생각을 듣고 싶습니다.”

묘한 어투다.

그러나 무린은 거기에 신경 쓰기보다는, 현재가 더욱 중요했다.

“모르겠습니다. 저 혼자 움직이는 게 아니니 이렇다 저렇다 결정 내릴 수가 없습니다.”

“어차피 남경까지는 함께 움직이실 생각 아닌가요?”

조용히 물어오는 미오.

“물론입니다. 일단 개입했으니 끝까지 함께할 생각입니다.”

무린은 사정이 이러쿵저러쿵 변한다고 혼자만 몸을 뺄 생각은 없었다. 애초에 돕지 않았다면 모를까, 이미 도왔으니 그 끝은 확실히 챙겨줄 생각이다.

“그렇다면 무제의 생각에 따르겠습니다. 저희는 이런 쪽으로 뛰어난 인재가 없습니다."

"음……."

"여태껏 오라버니가 모두 결정했습니다. 그리고 단 한 번도 잘못된 선택은 내린 적이 없습니다. 그래서 불만도 없고요. 하지만 그런 결정권을 가진 오라버니가 지금 저런 상황이니… 광검대는 남경까지 무제의 지휘를 받겠습니다."

"……."

무린은 대답하지 못했다.

부담스러운 말이었다.

비천대도 아니고, 광검을 따르는 이들이다. 여기서 지휘란, 목숨을 맡기겠다는 소리와 다를 게 하나도 없었다. 무린의 결정이 잘못되는 날엔? 여기 있는 모두가 이승과 연을 끊게 될 것이다.

그것도 마녀에게 필요한 무린이나 미오, 광검만 쏙 빼놓고 말이다. 그러니 좋다고 할 수 없었다.

난감한 상황이었다.

하지만 결정은 내려야 했고, 결정은 난감하던 상황이라 그런지, 아니면 애초에 싫었는지 금방 내려졌다.

"죄송합니다. 지휘권은 양도받을 수 없습니다. 저는 이들을 책임질 자신이 없습니다."

딱 끊어버리는 무린.

이들의 생명을 책임지기에는 자신에게 주어진 운명조차 현재 버거운 상태인 무린이었다. 자신의 앞가림도 못 하는데

누굴 책임지겠나.

"……."

무린이 거절하자 차가운 눈동자가 무린을 향했다. 말없이 향한 시선인지라 싸늘한 감각이 그대로 느껴졌다.

이후 다시 열리는 붉은 입술.

"그럼 뒤따르겠습니다."

"예, 그건 괜찮습니다."

"이틀이라 들었어요. 어떻게 하실 생각인지."

"일단 좀 더 생각해 보겠습니다."

"네."

"최대한 빨리 결정해서 알려드리겠습니다. 늦어도 해가지기 전까지는."

"알겠어요. 그럼."

미오는 바로 뒤돌아서서 지금 광검에게 돌아갔다. 그녀가 돌아가자 무린은 낭아도를 향해 시선을 돌리면서 말했다.

"이곳의 지형을 잘 아는 사람이 있습니까? 정확해야 합니다."

"찾아보겠습니다."

무린의 말에 낭아도, 낭아검이 둘 다 움직였다. 낭아검은 갑판에 낭인들을 모아 물었고, 낭아도는 선실로 내려갔다.

둘이 사라지자 무린은 다시금 생각에 잠겼다.

'실수 하나가 이들의 목숨을 좌우한다. 아, 이건 지휘권을 받은 것과 다를 게 없군.'

미오는 따라오겠다고 했다.

하지만 그것마저 막을 명분이 있을 리가 없었다. 어차피 함께하겠다고 했으니까. 결국 무린의 선택에 따라 이 배에 있는 인원 모두가 움직이니 지휘권은 받은 것과 크게 다르지 않았다. 직접적으로 명령만 내리지 않을 뿐인 것이다.

'냉정, 신중.'

그런 마음가짐으로, 지금부터 정보를 있는 대로 긁어모아야 했다. 특히 이곳서부터 양주까지, 혹은 남경까지의 지형의 정보가 필요했다.

숨을 수 있는 곳.

내달릴 수 있는 곳.

전투에 적합한 곳.

분산된다면 합류할 수 있는 곳.

추적을 따돌리기 용이한 곳.

등등, 아예 여기서부터 남경까지 지형 정보가 모조리 필요했다. 그 정보가 있어야 수로가 아닌 육로도 생각할 수 있게 된다. 선택지가 하나밖에 남지 않는다는 것 자체가 부담이니, 어쩔 수 없는 상황이었다.

일각 정도 기다리자 두 사람이 각각 한 명씩 데리고 왔다.

"남경 근방은 빠삭하게 알고 있다는 놈입니다."

"이놈은 양주 태생입니다."

낭아검과 낭아도가 각각 지목해 데리고 온 사람은 둘.

낭아검이 데리고 온 자는 사내였다. 살짝 덩치가 있고 신장이 좀 작았다. 전체적으로 특징이랄 게 없었다. 어딜 가나 쉽게 볼 수 있을 것 같은 인상이었다.

낭아도가 데리고 온 사람은 놈이라고 소개했지만 여인이었다. 눈매가 매우 사나운 기색을 보였고, 신장도 덩치도 상당했다. 게다가 낭아도처럼 도를 사용하고 있었다. 딱 봐도 순탄치 못한 인생을 산 여인 같았다.

나이는 삼십 대 초중반 정도.

무린은 두 사람의 외형에서 관심을 끄고, 궁금한 것을 묻기 시작했다.

第二百四章 남경행(南京行)

결론적으로 무린은 뭍으로 일단 올라가기로 결정을 내렸다. 양주에서 서남진을 해서 강을 도하하고, 그대로 남경으로 향하기로 한 것이다. 이런 결정을 내린 이유는, 해가 떨어지기 시작하고 하늘이 어둑하게 변할 때쯤 날아든 한 발의 화살 때문이었다. 정확하게 선측에 맞은 화살에는 쪽지가 매달려 있었다.

당연히 쪽지의 내용을 살펴봤고, 그 쪽지가 북방상단. 즉, 운삼에게서 들어온 정보라는 것을 알았다.

진강.

대병력 집결.

최소 일천 마군 추정.

쾌속선 오십 척 추정.

이 네 문장 때문이었다. 진위 여부도 믿을 만했다. 비천대만 쓰는 표식뿐 아니라 운삼만 쓰는 특별한 표식도 있었다. 운삼이 사로잡히지 않았다면 무조건 운삼이 보낸 정보였다.

'녀석, 가까이에 있었군.'

저 표식이 적혀 있다는 건 운삼이 직접 썼다는 소리다. 필체도 딱 운삼의 필체였다. 수백 번은 봤던 필체를 무린이 못 알아볼 리가 없었다. 그렇다는 건 운삼이 주변에 있다는 소리나 다름없었다.

절대로 운삼 고유의 표식은 노출될 수가 없으니까.

그 정보를 따라 무린은 결국 뭍으로 올라가는 걸 선택할 수밖에 없었다. 진강은 남경으로 가려면 반드시 거쳐야 하는 곳이다. 이곳을 통과하지 않고 수로로 남경을 가는 방법은 전무했다. 대륙을 갈라 버려 길을 새로 열지 않는 이상은 말이다.

그러니 어쩔 수 없이 육로로 들어가야 했다. 그리고 무린은 최단거리를 잡지 않고, 살짝 돌아가는 거리를 선택했다.

양주에서 육합, 육합에서 강포, 강포에서 관도를 타고 달려 남경까지. 양주에서 강포까지는 숲을 통한 이동을 하고, 강포에서만 일시에 내달릴 생각이다.

다행히 강포에는 제법 큰 마시장이 있다고 한다. 거기서 좋은 말을 구할 수만 있다면 충분히 무린의 생각대로 흘러갈 수 있을 것이다.

하늘의 달을 보고 시각을 가늠하는 무린.

'반 시진 남았군.'

배에서 내리는 시기는 딱 반 시진 후, 자정에 맞췄다. 해가 떴을 때보다 당연히 해가 졌을 때가 마군에게 노출될 위험이 적었다. 다행히 이곳부터는 숲이 많은 지역이었다. 위험하지만 반대로 기회를 줄 수 있는 지형인 셈이다.

무린은 조용히 무장과 몸 상태를 점검했다.

비홍과 비청은 아직 건재했다.

소수의 강력한 내력에도 금이 가거나 이가 나간 곳이 없었다. 비천신기 덕분이기도 했지만 막야와 막유철이 얼마나 심혈을 기울여 만들었는지, 그리고 얼마나 둘의 실력이 뛰어난지 정말 잘 알 수 있었다. 몸 상태도 나쁘지 않았다.

오히려 며칠간의 휴식으로 인해 최상에 가까웠다.

몸과 무장 점검을 끝내고 배위를 둘러보는 무린. 이미 어둠이 내려앉았지만 어둠 따위는 이제 무린에게 어떠한 영향도 끼칠 수 없었다.

갑판 위는 분주할 법도 했지만, 오히려 그와 반대로 조용했다. 무린이 작전을 낭아검과 낭아도에게 전달 한 뒤, 이들은 바로 준비를 끝냈다. 그리고 저마다의 방식으로 휴식을 취하기 시작했다. 휴식이라고 해도 사실 긴장을 살짝 유지하고 있기 때문에 제대로 쉬기는 힘들었다. 하지만 광검이 호전되었기 때문에 얼굴 표정들은 밝았다.

시각은 빠르게 흘렀다.

자정에 가까워지기 시작하자 아래쪽 선실에서 미오가 나왔다. 당연히 광검을 등에 업고, 꽉 동여맨 모습이었다. 건장한 성인 사내를 업고 있지만 움직임에 불편함은 없어 보였다. 다만 표정은 얼음처럼 서늘했다. 그 서늘한 표정의 한구석엔 긴장의 감정도 숨어 있는 게 보였다.

낭아검과 낭아도가 바라보기에 고개를 끄덕이는 무린.

그러자 낭아검이 얼른 선장에게 달려갔다. 잠시 후, 배가 점점 뭍으로 가까워지기 시작했다. 지그시 가까워지는 육지를 바라보던 무린이 천천히 움직였다. 어느새 거리는 약 십 장, 무린의 신형이 갑작스럽게 쏘아졌다.

타다닷, 탁!

난간을 밟고 날아오르는 무린.

비천이라는 무명이 정말로 잘 어울리는 모습이다. 달빛을 머금고 나는 무린의 모습은 마치 한 마리 야조(夜鳥)같았다.

탁.

육지에 떨어진 무린의 신형이 다시금 쏘아졌다. 그런 무린의 뒤로 탁탁탁 착지하는 소리가 연달아 들리기 시작했다. 광검대가 무린의 뒤를 따르기 시작한 것이다. 무린은 고개를 돌려 확인하지 않았다. 십 장의 거리. 광검대는 그 거리를 도약할 능력이 충분하다 못해 넘친다는 걸 알기 때문이다.

쏘아진 무린의 신형이 어느새 숲이 조성한 어둠 속으로 퐁당 빠져 들어갔다. 그리고 들어가는 즉시 사라졌다.

기잉, 기이잉.

돌고 있는 비천신기.

이미 도약할 시부터 펼쳐진 초감각의 세계.

숲에 들어선 순간부터 무린은 온 숲을 뒤질 것처럼 초감각을 더욱더 넓게 펼쳐 냈다. 스아악. 바람에 흔들리는 나뭇가지 소리. 찌르르… 맘껏 울다가 무린의 초감각을 느꼈는지 뚝 멈춰 버리는 벌레 울음소리. 파스스. 풀잎이 바람에 흔들리며 나는 소리.

당연하지만 숲은 고요했다.

이 세 가지 소리를 제외한 어떠한 소리도 나지 않았다. 더불어 어떠한 기척도 느껴지지 않았다. 하지만 무린은 긴장을 풀지 않았다.

숲. 마녀가 키운 흑객이 은신해 있기 딱 좋은 장소였다. 물론 정말 흑객이 이곳에 있을 가능성은 크지 않았다. 그들이 은신해 있다는 건 무린이 이곳에 내릴 줄 알고 있었다는 소리나 다름없기 때문이다. 내부에 간자가 있지 않은 이상 절대 불가능한 일이다.

'아직은 아니야. 들키려면 최소한 해는 떠야 한다.'

무린이 타고 있던 쾌속선을 육안으로 파악하고 나서야 마군은 무린이 이미 배를 떠났다는 걸 알 수 있을 거라 생각했다. 물론 간자가 없다는 가정하에 말이다.

해가 뜨기까지 세 시진에서 네 시진 가까이 여유가 있었다.

'세 시진.'

하지만 무린은 세 시진으로 잡았다. 하늘을 보니 구름이 없다. 내일도 분명 맑고 화창한 날씨가 될 것이다. 그러면 묘시 중반이나 말이면 온 세상이 밝아지고도 남을 것이다.

물론, 이 경우는 무린의 희망 사항이었다.

최소 오 할 이상의 확률로 무린은 해가 뜨기 전 적과 조우, 분명 전투가 있을 것이라 판단했다.

그러니 전투가 벌어지기 전에.

'그 안에 최대한 이동한다.'

가능하다면 포위망도 뚫고 싶었다. 물론 그렇게 쉽게 뚫을 수 있는 건 아니지만 돌파만 한다면 잡히지 않을 자신도 있었다. 광검대는 딱 봐도 이동, 그 자체에는 이력이 난 것처럼 보였다.

특히 좀 전에 배에서 몸을 날려 바닥에 떨어질 때를 보니 소음이 거의 일지 않았다. 단순 경신법만큼은 무린과 비교해도 결코 꿀리지 않는 광검대였다. 이들이 낭인인 점을 생각하면 일견 당연하긴 하지만 그래도 대단한 일이긴 했다. 무린의 착지와 버금가는 모습을 보여줬으니까.

스르륵.

무린은 뒤로 미오를 위시한 광검대가 전부 대기하기 시작하는 걸 느꼈다. 이미 저녁에 회의는 끝냈다.

그때 나온 말 중 하나, 최전방에는 무린이 선다.

여기서 무린보다 기감을 잡는 데 뛰어난 사람은 없었다. 미오의 무력은 무린과 비교해도 결코 부족함이 없지만 단순히 기감을 느끼는 데에는 무린이 더욱 뛰어났다. 감각계가 극히 발달한 무린이다.

그래서 감각을 최대한 예민하게 살린 기습, 척후, 난전을 포함한 모든 실전 전투에 강한 것이다.

무린은 천천히 나서기 시작했다. 시각을 빼앗겨서는 안 되지만, 이곳이 숲인 마당이니 무턱대고 달릴 수는 없었다. 없을 거라 생각하지만 흑객이라도 있는 날엔 광검대의 목숨이 위험하기 때문이다.

그들은 마녀에게 은신에 대한 극의만 배운 이들이다. 전투가 시작되면 무린에게 당연히 상대가 되질 않는다. 그러나 무린이나 미오에게나 위협적이지 않은 놈들이지, 광검대에게는 달랐다. 아무리 이들이 절정이라 하더라도 비슷한 경지의 살수가 지척까지 다가와 암습을 가하면 막을 방법이 없을 것이다.

'조금… 다르다.'

일단, 숲 자체가 고요했다.

그러나 이 고요함은 폭풍 전의 고요와는 좀 달랐다. 지극히 평온한 고요함이다. 뭔가 뇌리를 자극하는 위화감은 느껴지지 않았다.

천천히 움직이는 무린의 움직임이 조금씩 빨라졌다.

아직 확신할 상황은 아니지만 무린은 감을 믿었다. 운명은 언제나 무린을 배신했지만, 선천적으로 타고나고 후천적으로 갈고닦은 감만큼은 무린을 배신한 적이 없었기 때문이다.

무린을 잠시 멈추고 손을 등 뒤로 돌려 수신호를 보냈다.

속도를 조금 올리겠다고 사전에 약속한 수신호다.

대답은 듣지 않았다. 어차피 분명 봤을 테니까.

숨 한 번을 크게 고른 후, 무린의 신형이 이제는 거의 달리듯이 움직이기 시작했다.

삭, 사삭, 삭, 사삭.

움직이는 무린의 발꿈치에서 정말 미약한 소음이 일어났다. 크지도 작지도 않은 소리였다.

뒤를 따라 오는 미오의 움직임에서도 거의 비슷한 소리가 났다. 하지만 뒤에 따라오는 광검대의 낭인들은 거의 소리가 나질 않았다. 초상비라도 익힌 것일까? 아니었다.

낭인은 특성상 언제나 위험한 일을 도맡아 한다. 그중 가장 많은 전투가 아마 상단 방어, 요인 경호일 것이다. 공격 측이라면 아마 척후, 아니면 기습전일 것이다. 대규모 난전은 항상 그 뒤에나 일어난다.

수비측도 마찬가지다.

그러니 필연적으로 소리를 죽이는 방법은 모두 터득하고 있었다. 이것만큼은 무린이나 미오와 견주어도 결코 손색이 없었다.

'좋아.'

숲을 달리기 시작한 지 일각.

흑객의 공격은 없었다.

더욱이 초감각에 느껴지는 다른 마군의 기척도 느껴지지 않았다. 무린은 이제 완전히 속도를 올렸다.

무풍형의 구결을 따라 들어가는 비천신기가 무린을 신형을 쭉쭉 앞으로 밀어냈다. 용천혈에 도달한 내력이 깃털처럼 가볍게, 그리고 빠르게 만들었다.

시간은 쭉쭉 흘렀다. 일각이 이각이 되고, 이각이 삼각이 됐다.

그러다 어느새 반 시진에 도달했고, 다시금 그 만큼을 더 달려 한 시진이 됐다. 그제야 무린은 움직임을 멈췄다.

전방에 작은 구릉이 보이고, 드넓은 평야가 보이는 곳이 첫 번째 휴식 지점이었다.

"후우……."

멈춰선 무린이 크게 숨을 마쉬었다가 내뱉었다. 한 시진이나 달리다 보니 제아무리 무린이라도 숨이 찰 수밖에 없었다. 내력의 힘을 받는다지만, 그래도 직접적으로 움직이는 건 육체이니 당연한 노릇이었다.

뒤를 돌아보니 광검대 전체가 어깨를 들썩이고 있었다. 무린을 쫓아오느라 상당히 애를 먹은 게 분명했다. 하지만 낙오자는 없었다. 있을 리가 없었다. 독기로 똘똘 뭉친 게 원래 낭인들이니까. 물론 무린이 전력을 다하지 않은 것도 있었다.

잠시 호흡을 고른 그들은 서로 눈짓으로 신호를 주고받더니 알아서 번을 서러 사라졌다. 경계, 번. 낭인들과 떼려야 뗄 수 없는 일이니 아주 자연스러웠다.

"어디쯤일까요?"

아주 작은 목소리로 미오가 물었다.

무린은 잠시 생각하다 고개를 저었다. 정확한 위치를 특정해 내기가 애매했기 때문이다.

물론, 방향은 제대로 잡았다. 방향도 못 잡을 무린이 아니었다. 별만 헤아려 보고도 위치를 충분히 잡을 수 있는 능력을 이미 북방에서부터 터득하고 있던 무린이다. 그러니 실수가 있을 리가 없었다.

낭아검이 움직여 이곳의 지형을 잘 안다던 둘을 다시 데리고 왔다. 무린은 사내를 보며 물었다.

"여기가 어디쯤인지 알 수 있습니까?"

"좀 살펴보겠수."

역시 낭인. 이미 고착되어 버린 퉁명스런 대답 후, 살금살금 기어 밑으로 내려갔다. 그렇게 구릉을 내려가 바로 어둠에 동화되어 사라졌다. 분명 주변 지형을 둘러보고, 자신의 기억을 뒤져서 위치를 가늠할 생각인 것 같았다.

"저도 잠깐 내려갔다 오겠습니다."

"네."

무린은 대답을 들은 직후 바로 밑으로 내려가 빠르게 움직여 몸을 숨겼다. 그리고 천천히 전진했다. 거대한 평야라지만, 안심하기에는 이르다.

뻥 뚫려 있으니 오히려 더욱 위험할 수도 있었다. 이런 곳에서 포위를 당하면 정말 답이 없기 때문이다. 그래서 미리 먼저 내려와 움직이면서 초감각을 이용한 탐색할 생각이었다.

넓게 펼쳐진 초감각이 무린의 뇌리로 오만가지 잡스러운 정보까지 모조리 전달하기 시작했다.

무린은 그중 단 하나도 하찮게 생각하지 않았다.

'극히 신중해야 할 때.'

의심하고, 또 의심해야 할 때가 바로 지금이다.

왜?

너무 조용해서였다.

이렇게 움직이는 이유의 발단이 바로 너무나 조용한 마군들 때문이었다. 광검제와 비천무제. 둘이 같이 있는데도 가만히 놔둔다?

그들에겐 마녀의 최종 그 목적을 이루기 위해 필요한 게 있다.

절대로 있을 수 없는 일인 것이다.

그러니 오히려 무린은 더욱더 날을 세우고 있었다. 감각을 최대한 예민하게 벼리고, 그 예민한 감각을 바탕으로 초감각이 펼쳐졌다.

이동하면서 넓은 거리를 탐색하는 무린. 시각이 길어지면 길어질수록 무린의 인상도 점차 찌푸려졌다.

'없다.'

걸리는 건 아무것도 없었다.

솔직히 말해서 무린은 이 정도에서 마군과 조우할 거라 예상하고 있었다. 천라지망의 한 축을 만날 거라 예상한 것이다. 그런데 없다. 무린의 예상이 보기 좋게 빗나간 것이다.

'해가 뜰 때까지 걸리지 않길 바란 것은 사실 희망에 가까웠던 건데…….'

희망이 이루어졌다?

'아니야.'

즉각 고개가 저어졌다.

'지금쯤이면 걸렸어야 했어. 아니, 이미 그 이전에.'

어쩌면 배에서 내리던 순간에 걸렸을지도.

그런데 한 시진에 걸쳐 이 드넓은 평야까지 왔음에도, 마군의 기척은 코빼기도 보이지 않고 있었다.

예상과는 너무나 다르게 돌아가는 상황전개. 무린은 여기서 또 답답해졌다. 단문영의 존재 때문이다. 나아가 그녀가 없어 무혜와 소통을 할 수 없기 때문이다.

'후우…….'

한숨을 내쉬어 답답함을 조금이나마 털어낸 후, 무린은 다시금 움직였다. 평야를 천천히 은밀히 다니면서 초감각으로 마군의 기척을 탐색했다. 하지만 역시… 걸리는 건 없었다.

'빌어먹을…….'

이각에 가깝게 탐색을 한 후 돌아가는 무린의 얼굴은 아주 딱딱하게 굳어 있었다. 상황은 다시금 무린에게 선택을 하게 몰아가고 있었다.

*　　*　　*

"어떤가요?"

돌아온 무린에게 날아드는 음성. 미오의 물음이었다.

무린은 일단 고개를 저었다.

"그런데 표정이 좋지 않습니다."

"……."

미오의 말에 무린은 대답을 할 수가 못했다. 머릿속이 뒤죽박죽이 되면서 수많은 생각이 떠올랐다 사라지는 중이었기 때문이다.

무린은 후우, 나직하게 한숨을 쉬었다. 미처 막을 새도 없이 나온 한숨에 미오의 표정이 살짝 굳어졌다. 비천무제 정도 되는 이가 한숨을 쉰다. 분명 뭔가 석연치 않은 것을 그가 느꼈다는 것을 미오는 알아차렸다.

하지만 더 이상 캐묻지 않았다. 때가 되면 어련히 말해줄 거라 생각했기 때문이다. 그런 미오의 생각처럼, 무린은 뒤죽박죽이던 머릿속을 어느 정도 정리한 후에 입을 열었다.

"상황이 묘합니다."

"묘하다고요?"

"예, 예상한 대로 상황이 흘러가고 있지를 않습니다. 사실 이 정도쯤에서 마군을 포착할 수 있을 거라 생각했습니다."

"음……."

애초에 마군에게 들킬 거라는 계산은 미오도 했다. 그녀는 똑똑하다. 군사를 할 정도로 똑똑한 건 아니지만 그래도 탈각을 이룬 무인답게, 상황 판단 능력은 타의 추종을 불허할 정도였다.

하오문이 마군에 정보를 주는 이상 분명, 남경에 도달하기 전에 마군과의 조우는 있을 것이다. 그녀는 이렇게 생각했다.

"어떻게 할 생각이신지요?"

"……."

미오의 질문에 무린은 다시 생각에 잠겼다.

선택할 수 있는 방향은 몇 개 없었다. 이대로 강행 돌파하든가, 아니면 진로를 다시 비틀어 버리든가 둘 중 하나다. 이미 배에서도 멀어졌기 때문에 다시 돌아가는 것도 어불성설이다. 그렇다고 남경으로 향하는 걸 포기할 수도 없었다.

미오도, 무린도 반드시 남경에 가야 하는 이유가 있었으니까.

"돌파합니다."

"네."

무린의 대답에 미오는 즉각 대답했다. 어차피 뒤를 따르겠다고 선언한 미오다. 그리고 전투도 충분히 예상하고 있었다.

이제와 되돌아갈 수 없다는 것도 알고 있었다.

"반각 후 출발하겠습니다."

"네, 전달할게요."

작게 대답 후, 미오는 낭아검과 낭아도에게 빠르게 지시를 내렸다. 무린은 일단 좀 쉬기로 했다. 반각밖에 안 되는 시각이지만 이 시각이라도 충분히 쉬어줘야 했다. 지금까지 계속해서 머리를 썼다. 상황을 파악하고, 선택하는 과정에서 무린은 알게 모르게 정신적으로 지쳐 가고 있다는 것을 느꼈다.

무혜가 없는 현실, 단문영이 없는 현실은 생각보다 굉장한 압박으로 돌아오고 있었다.

기잉, 기이잉.

비천신기가 천천히 회전하면서 무린의 뇌리를 차분하게 가라앉히기 시작했다. 군데군데 묻어 있던 불순물 덩어리들을 아주 싹싹 쓸어 모아 지워 버리고는 어느새 다시금 잠잠해졌다.

비천신기, 역시 마녀가 노릴 정도의 가치가 있는 신기였다. 본인이 지은 이름이지만 정말 신기라는 단어는 잘 붙였다 생각했다.

반각은 쏜살같이 흘러갔다.

무린이 눈을 뜨자 어느새 모여든 광검대의 낭인들이 다시 달릴 채비를 하고 있었다. 무린은 출발한다는 신호를 보내고 천천히 평야로 들어섰다. 구릉을 내려와 달리기 시작하는 무린의 뒤로 광검대가 바짝 따라붙었다.

기잉, 기이잉!

회전 계수가 정점에 도달한 비천신기가 초감각을 통해 다시금 무린에게 사방의 정보를 전달하기 시작했다.

'조용…….'

주변은 조용했다.

풀벌레 우는 소리도 들리지 않을 만큼 고요했다. 아니, 무린의 초감각을 느끼고 풀벌레들은 침묵했으리라.

'흑객들은……?'

여전히 느껴지지 않았다.

완전히 침묵한 채 어딘가에 숨어 있던가, 아니면 아예 이 근방에는 없다는 소리였다. 전자여도, 후자여도 그다지 달가운 상황이 아니었다. 전자면 언제고 기습을 감당해야 한다는 소리고, 후자라면 이해가 안 가는 상황이 되는 거니까.

무린의 신형은 생각하는 와중에도 쭉쭉 뻗어나갔다.

평야를 가로지르는 그림자들을 누군가 봤다면 솜털이 바짝 섰을 것이다. 귀신이라며 소리쳤을지도 몰랐다.

숲도 넓더니 평야도 넓었다. 뻥 뚫린 지형이라 걸리기도 참 쉽지만 아쉽게도 평야는 큰 넓은 만큼 돌아가기도 참 힘들다. 불가능한 건 아니지만 상당한 시각을 잡아먹혀야 했다. 그러니 아예 가로지르는 방법을 택한 것이다.

무린은 전방에 가파른 언덕이 있는 걸 확인했다. 저 멀리 있지만 말했듯이 어둠은 무린에게 어떠한 제약도 줄 수 없었다.

거리는 순식간에 가까워졌다.

막 언덕의 도입부에 발을 올린 무린, 그 순간 멈췄다.

급정지.

관절 부분이 삐그덕거릴 정도로 고약한 정지였다. 범인이 이랬다면 무릎이 아예 작살나고도 남았을 것이다. 무린조차 시큰거릴 정도였으니까.

슥.

손을 등 뒤로 들어 수신호를 보내는 무린. 내용은 '기척이 잡힌다'. 누구의 기척인지는 알 수 없었다.

기척은 초감각의 맨 끝에서부터 잡혔다. 아주 미세했지만 그걸 놓칠 무린이 아니었다. 극히 신경을 예민하게 벼려 놓은 상태이기 때문이다.

두드드.

조금 더 기다리자 진동이 울리기 시작했다. 이 또한 매우 미약했지만, 무린은 알 수 있었다. 즉시 귀를 지면에 가져다 대는 무린.

그러자 이번엔 좀 더 진동이 적나라하게 느껴졌다.

'기병.'

기마의 질주가 만들어내는 진동이었다. 무린 본인이 기마를 주로 쓰는 비천대의 대주이니 모를 리가 없었다.

'이런 평야에서…….'

기병대와 조우한다?

당연한 얘기지만 결코 좋은 일이 아니었다. 아군인지, 적군인지 아직까지 파악이 안 됐다. 마군 특유의 기세는 느껴지지 않았지만 마군이라고 또 전부 일정한 기세를 담고 있는 것도 아니었다.

마군이면서도 사악하지 않은 기세를 풍기는 자들도 수두룩했으니까.

'산개.'

무린은 다시금 수신호를 보냈다. 산개 후, 각자 은신하라는 내용을 담은 신호였다. 광검대가 즉각 흩어졌다. 사방으로 퍼진 이들의 기척을 느끼면서 무린도 뒤로 빠졌다. 고개를 돌려 빠르게 은신할 곳을 찾았다.

다행히 몸을 숨길 만한 곳이 있었다.

무린은 즉각 그곳으로 이동해 은신에 들어갔다. 평야는 조용해졌다. 광검대의 낭인들은 위험한 일을 많이 해봐서인지 기척을 죽이는데도 탁월했다.

'올라온다.'

반대쪽 언덕에서 올라오는 기마대의 기척이 느껴졌다. 이제는 거의 청각으로도 말발굽 소리가 들릴 정도였다.

'아는 자들은 아니야…….'

일단 비천대의 기척은 아니었다.

비천대였다면 당연히 익숙한 이들의 기척이 느껴져야 했다. 단 한 명도 안 느껴지는 걸 보니 확실히 비천대는 아니었다.

거리가 확실히 가까워지자 느껴지는 게 더 있었다.

'마군은 아니다.'

하지만 그렇다고 아는 이들도 아니었다.

워워.

언덕 정상에서 바로 아래로 향하지 않고 도열하는 기마대. 거리가 멀어 시각으로는 판별할 수가 없었다.

그때, 날카로운 예기가 느껴졌다.

그 예기는 단순히 느끼는 것만으로도 살을 저밀 것처럼 날카로웠다.

'음?'

그리고 그 예기는, 한 번 무린이 느껴본 적이 있는 예기였다.

'어디서 느꼈지? 분명 익숙한데…….'

생각이 날 듯, 안 나고 있었다.

사삭.

작은 인기척에 시선을 돌려보니 미오가 자신에게 신호를 보내고 있었다. 이런 상황에 기척이라니, 무린의 인상이 찌푸려지려는 찰나 미오가 손가락으로 허공을 쭉쭉 그었다.

첫 번째 글자는.

'검…….'

다 쓰고 나서 그 옆에다가 다시금 글자를 쓰는 미오.

두 번째 단어를 보고 나서야 무린은 '아……!' 하고 속으로 탄성을 흘렸다.

후.

무린은 그제야 저 익숙한 기운의 정체를 알아차렸다.

'검후.'

주문약(朱門楉).

당대의 여중제일검, 주산군도의 서요벽에서 만났던 검후 주문약의 한 번 보여줬던 예기가 딱 저랬다. 미오를 보고 고개를 끄덕인 무린.

그러는 와중에도 일단 계산이 먼저 이루어졌다. 적일까? 아니다, 검문의 검후. 검후와 같이 있는 걸 보니 저들은 검문의 고수들이 분명했다. 자세히 살펴보니 역시 그림자의 형태는 좀 호리호리했다. 딱 여인의 형태를 보이고 있었다.

무린은 상체를 펴고 천천히 걸어 나갔다.

그러자 즉각 예기가 무린에게 집중됐다. 촘촘한 그물 같은, 그러면서도 밀려오는 파도처럼 거대한 압박감이 느껴졌다.

주산군도의 검문, 그곳의 특징이 아주 전부 담겨 있었다. 무린도 마주 기세를 피웠다. 비천신기가 서서히 회전을 시작하며 무제의 칭호를 얻게 만들어줬던 기파가 퍼지기 시작했다.

검후의 기세와 무린의 기파가 마주쳤다.

그러자 초감각이 검후의 기세를 낱낱이 파헤치기 시작했다. 특성까지 전부 다 파헤쳐 무린에게 전달했다.

그걸 느낀 무린은.

'역시…….'

감탄할 수밖에 없었다.

여중제일검, 혹은 여중제일인.

검후 주문약은 남궁가의 전대 검왕, 남궁무원보다도 강했다. 감각이 극히 예민한 무린이다 보니 그녀가 얼마나 강한지, 단순히 예기를 접한 걸로도 알 수 있었다.

게다가 당시 서요벽에서 보았을 때, 느꼈을 때와도 차원이 달랐다. 이는 무린이 탈각을 이루면서 더욱 많은 부분을 볼 수 있게 됐기 때문이었다.

'대단하다.'

게다가 이 여인.

무린이 보았던 모든 무인 중 순위에 들었다. 첫 번째는 당연히 마녀고, 두 번째는 북원의 무신이다.

그리고 세 번째가 지금 저 언덕 위에 있는 검후 주문약이다.

구화의 전승자나 흑영보다도 강할 것 같았다. 단순히 감이 아닌, 확실히 느껴보았기 때문에 비교할 수 있었고, 그 결과가 그렇게 나왔다. 검후와 견줄 만한 이를 뽑아보라면 무린은 딱 셋에서 넷 정도를 꼽을 수 있을 것 같았다.

첫 번째는 소림의 한비담이다.

두 번째는 무당의 운검이고.

세 번째가 바로 광검이다.

마지막은?

바로 무린 본인이었다. 물론 이 중 셋은 특별하다. 무린을 포함한 한비담, 광검은 마녀의 난세를 방비하기 위해 하늘이 내렸고, 전대 문성 한명운 선생이 천하를 직접 돌고 돌아 찾아 준비시킨 이들이었으니까.

어쨌든.

'위야.'

검후는 이 넷보다는 확실히 윗줄이었다.

초감각이 그렇게 말해주고 있었다.

검문, 구름 위의 구파와 견준다던 검문의 시작이자 끝인 검후의 실력은 상상 이상이었다. 구파를 다 만나본 것은 아니지만, 그 구파에서도 검후와 견줄 이는 정말 손에 꼽을 것이라 무린은 생각했다.

예기가 거둬지고 있었다.

검후도 무린을 알아본 것 같았다. 그에 무린도 비천신기의 회전을 조금씩 줄였다. 자연스럽게 기파가 사라지고, 초감각만 유지되기 시작했다.

슥슥.

무린은 다시 신호를 보냈다.

나오라는 신호였다.

무린의 신호에 광검대의 낭인들은 천천히 무린의 뒤로 모였다. 하지만 아직 저 위에 사람들의 정체를 몰라 긴장을 풀지는 않은 모습이었다.

슥.

위에서도 움직임이 있었다.

천천히 언덕을 내려오기 시작한 것이다. 언덕은 길었지만 무린이 있는 곳까지 내려오는 데는 얼마 걸리지 않았다.

가장 선두에는 역시, 세월이 비켜간 흔적이 다분한 검후 주문약이 있었다.

第二百五章 남경행(南京行) 二

"오랜만에 뵙습니다."

"비천객. 그대였나요."

"제가 아직 한참 어립니다."

"후후, 그래요. 그럼 편하게 대하지."

무린의 말에 검후는 그리 고민도 하지 않고 하대를 시작했다. 그 후 무린의 일행을 한 번 주욱 훑어보다가 미오에게서 시선이 멈췄다. 정확하게는 미오의 등 뒤, 광검에게서 시선이 멈췄다.

잠시 눈을 가늘게 좁히고 뭔가를 느끼기 시작하더니, 이내 안색이 눈에 보이게 찌푸려지기 시작했다.

"고약하구나."

광검이 독에 중독됐다는 사실을 단번에 알아본 것이다. 이후 다시 뒤를 바라보는 검후. 그런 검후의 시선을 무린도 따라갔다. 약 백여 명에 가까운 검문의 여검수들이 길을 트기 시작했다. 그리고 트인 길로 나서는 중년의 여인.

"아."

그 여인을 보며 무린은 짧은 탄성을 흘렸다. 검문의 또 다른 전설이 말을 타고 다가오고 있었다.

의선녀(醫仙女) 연정.

내, 외상을 막론하고 의술로는 감히 천하를 논할 경지에 오른 여인이 바로 의선녀 연정이다. 게다가 무린에게는 구명지은까지 베풀어준 은인이기도 했다. 연정의 등장은, 옆에 있던 미오에게서도 탄성을 이끌어 냈다.

그녀라고 연정을 모를 리가 없었다.

광검 위석호, 그녀의 오라비 역시 연정에게 구명의 은을 입었으니 말이다. 당시 북방에서 다 죽어가던 광검을 업고 혈로를 돌파한 것도 미오 본인이었다. 그러니 아주 잘 안다. 부드럽지만, 그 부드러움에 준하는 강직함이 깃들어 있는 목소리가 들렸다.

"내려놓게."

"……."

연정의 말에 미오는 바로 무릎을 굽히고 조심스럽게 광검과 자신을 동여매고 있던 천을 풀었다. 천이 풀리자 낭아검과 낭아도가 다가와 조심스럽게 광검을 부축해 자리에 눕혔다.

그러자 연정이 다가와 광검의 안색을 살폈다.

긴박한 상황이지만 광검을 진료하기 시작하는 연정을 말리는 사람은 없었다. 검후 또한 마찬가지로 오연히 말 위에 앉아 광검의 안색을 살펴봤다.

연정은 안색을 다 살피고, 맥을 잡아 다시 살피기 시작했다. 표정은 좋지 않았다. 미미하게 찌푸려진 아미(蛾眉)가 광검의 심각함을 적나라하게 보여주고 있었다.

약, 반각.

연정이 광검을 진맥하는데 걸린 시각이었다. 상체를 편 연정이 고개를 절레절레 저었다. 그러자 광검대와 미오의 표정도 덩달아 굳어갔다. 무린도 마찬가지였다.

'설마…….'

천하를 논할 의술을 가진 의선녀 연정이 고개를 젓는다. 그녀로서도 벅차다는 뜻일까? 그렇다면 매우 좋지 않았다. 그녀가 고칠 수 없다면 이 세상 그 누구도 고칠 수 없다는 소리나 다름없기 때문이다.

누차 말했지만 광검은 중요한 패다.

그걸 알았을까?

희망은 아직 있었다.

"쉽지 않겠는데."

연정의 입에서 나온 말은 절망에 가득 찬 말은 아니었다. 쉽지 않다는 것은 못 한다가 아니었다. 말 그대로 어렵다는 뜻이다. 반대로 생각해 보면 가능할 수도 있다는 뜻이 된다.

미오의 고개가 번쩍 들려 연정을 바라봤다.

둘의 시선이 마주치자, 연정이 다시 입을 열었다.

"영약이 필요해. 최소한 소림의 소환단은 되어야 저 구역질나는 놈을 몰아낼 수 있겠어."

"……."

그 말에 미오의 눈이 번쩍였다.

쉽게 말하면, 소환단이 있으면 광검의 목숨을 살릴 수 있다는 뜻이 된다. 물론 소환단이라는 희대의 영단이 있어야 한다는 조건이 붙지만, 그게 귀에 들릴 미오가 아니었다. 잠시 눈을 감은 미오가 생각에 잠겼다.

그리고 스르르 열리는 입술.

"무조건 소환단이어야 하나요?"

"아니, 그에 준하면 된다."

딱딱하기까지 한 대답이었지만 미오의 입가에는 오랜만에 하얀 미소가 걸렸다. 뭔가 생각하고 있는 게 있는 모양이었다. 그러나 웃음은 오래가지 않고 사라졌다. 다시금 평소의 표정으로 돌아온 미오가 낭아검과 낭아도에게 시선을 돌렸다.

"어디 있지?"

"딱 남경에 있습니다."

"남경. 그래, 거기에 뒀었지."

지금 가려고 하는 곳이다.

무린은 대번에 저 대화를 이해했다. 소환단에 준하는 영단이 남경에 있다는 소리였다. 미오가 다시금 시선을 돌렸다.

이번에는 검후에게였다.

가까이 다가가더니, 고개를 푹 숙였다.

예의, 그 이상의 행동이었다.

숙여진 상태에서 말이 흘러나왔다.

"제가 당장 가지고 오겠습니다. 그러니… 오라버니를 부탁드립니다."

"그러마."

검후는 미오의 말에 바로 대답을 내려줬다. 미오가 고개를 번쩍 드니, 검후의 입이 다시 열렸다.

"광검이 옆의 비천무제처럼 이 전쟁에 아주 중요한 인물이라는 것은 이미 안다. 우리들의 역할이 뒤에서 그대들을 받쳐주는 것이라는 것도 안다. 그러니 이는 당연히 해야 할 일이니 이상하게 생각할 것 없다."

"……."

미오가 검후 주문약의 말에 입술을 살짝 깨물었다. 검후는 도도한 바다를 닮은 눈으로 미오를 응시하다가 다시 입술을 열었다.

"광검대와 광검은 내가 맡아 남경으로 갈 터이니, 너는 한발 먼저 가서 광검을 살릴 영단을 구해 오거라."

"네……."

미오는 고개를 다시 숙여 감사의 인사를 전했다. 얼마나 복잡했을까? 그간 광검 때문에 말이다. 그러던 차에 천운으로 검후를 만났고, 같이 있던 의선녀까지 만났다. 소환단에 준하는 영약만 있으면 광검을 치료할 수 있다는 말을 들었다.

희망의 빛이 그녀의 답답하던 심경을 완벽하게 정화시켰을 것이다.

그러니 저런 과하다 싶은 예의도 결코 이상한 모습이 아니었다.

고개를 든 미오가 다시 낭아검과 낭아도를 바라봤다.

"낭아검, 도. 지금부터 내가 돌아올 때까지 검후님을 따라."

그러자 네! 하고 한목소리로 두 사람이 대답했다. 이번엔 시선이 무린에게 돌아왔다. 그러자 무린은 바로 고개를 끄덕였다. 자신을 왜 바라보는지 알기 때문이었다. 지금부터 둘이 남경으로 달리자는 뜻이었다.

검후가 있다면 구화검이 이곳에 온다 해도 믿을 만했다. 구파와 비견되는 주산군도의 검문. 그곳의 주력 검대도 함께 있었다.

적어도 구화검이나 그 윗줄의 고수가 아니라면 검후를 상대하는 건 힘들 것이다. 물론 마녀가 직접 온다면 검후도 힘들겠지만.

"지금부터 쉬지 않고 달리겠습니다."

"……."

말없이 고개를 끄덕여 대답하는 미오.

무린은 검후에게 시선을 돌렸다.

"급한 일이 있어 저는 먼저 남경으로 출발하겠습니다."

"그러게. 참, 옥상이는 잘 있는가?"

"예, 정심 소저와 같이 지금 비천대와 함께 있습니다. 아마 남경으로 오시면 만날 수 있으실 겁니다."

"그렇군. 나도 바로 남경으로 갈 터이니, 가는 길 조심하게."

"예, 그럼."

고개를 숙여 인사를 하고, 무린은 연정에게도 다시 인사를 했다. 구명의 은인에게 좀 더 감사를 표하고 싶지만 지금은 그럴 때가 아니었다.

자신도 그렇고 미오도 한시가 급한 상황이었다. 아쉽지만 다음을 기약해야 했다. 그 다음이 올지 안 올지 모르겠지만.

잠시 몸 상태를 점검한 무린은 미오를 보고 고개를 끄덕였다. 준비 끝났다는 뜻이었다. 그러자 미오도 고개를 끄덕였다.

팍!

지면이 터지면서 무린의 신형이 쭈욱 나아갔다. 그리고 그 뒤로 미오가 바로 따라붙었다. 두 사람의 신형은 촌각도 지나지 않아 어둠 속으로 사라졌다.

* * *

가는 길은 역시 순탄치 않았다.

육합(六合)현에 도달했을 때, 마군은 드디어 무린의 앞에 나타났다. 붉은 수실을 매달고 있는 절정의 마군이 열댓 놈이나 섞인 정예들이었다.

쩌엉!

참마도도, 언월도도 아닌 기형 무기를 비홍으로 튕겨낸 무린은 좀 더 상대의 가슴으로 파고들었다.

팍! 파바박!

무복 자락이 휘날릴 정도로 거친 연격을 펼치는 무린. 상대 마군의 가슴이 소리가 난 만큼 움푹 파였다.

내부 장기를 보호하는 뼈들을 모조리 함몰시키고, 그 안으로 비천신기를 거침없이 투입시킨 무린이다.

그러자 바로 마군의 눈동자가 바람 불어 꺼진 촛불처럼 사라졌다. 순식간에 픽, 하고 나간 버린 동공을 본 무린이 비청을 다시 휘둘렀다.

퍽!

깔끔하지만 잔인한 소리와 함께 마군 한 명의 머리통이 터져 버렸다. 완벽한 확인 사살이었다. 붉은 수실의 마군들은 이렇게 확실하게 숨통을 끊어야 했다. 그러지 않으면 어느 순간 꾸물거리고 일어나 뒤를 칠지 알 수 없었기 때문이다.

실제 비천성에서도 죽은 줄 알았는데 일어난 마군들 때문에 비천대는 물론 제갈가의 금검대도 상당한 피해를 입었었다.

스가앙……!

은빛의 궤적이 새벽의 하늘아래서 아름답게 피어올랐다. 퍽! 피어난 새하얀 궤적에 붉은 혈화가 점점히 스며들었다.

대가리를 아예 날려 버리는 강맹한 일격, 미오였다. 그녀의 도는 인정사정없었다. 저 바다 건너 섬나라의 무인들이 쓴다는 대태도가 그녀의 손에 들리자 아예 저승사자의 명부처럼 확실한 죽음의 무기가 되었다.

마군을 상대함에 있어 무린보다 오히려 월등한 정도의 살상력을 보여주고 있었다. 눈에 보이지도 않는 궤적을 그리는 일격.

쾌도의 극이다.

하지만 단지 빠르기만 한 게 아니었다. 그 빠름 속에 담겨 있는 힘은 거력이라 칭해도 부족함이 없었다.

가로막는 건 그 무엇이든 부쉈다.

무기, 갑옷. 피부, 뼈. 전부 말이다.

번들거리는 눈동자는 현재 그녀가 얼마나 분노한 상태인지도 알려줬다. 아주 조금의 사정도 봐주지 않는 완벽한 일격일살의 손속을 보여주고 있었다.

스가앙……!

퍽!

공간이 갈리는 굉음이 울리면, 직후 과실 터지는 소리가 이어서 들려왔다. 많이 움직이지도 않았다. 아니, 거의 움직이지 않았다. 제자리에서 도를 뿌리고, 회수. 그 일련의 과정만 반복될 뿐이었다.

도기(刀氣)를 이용한 공격.

내력 소모 때문에 무린은 잘 쓰지 않는 공격법이었다. 맞추지 못하면 소용없으니까. 하지만 미오의 도는 십 할의 확률로 모조리 마군의 몸에 적중하고 있었다.

콰직!

미오가 그렇게 마군을 쓸고 있을 때, 무린이라고 놀고 있지는 않았다. 비청과 비홍을 각각 손에 쥔 무린은 미오만큼이나 난폭했다. 물론, 무린의 전부라 할 수 있는 극히 절제된 동작들은 잃지 않은 난폭함이었다.

난폭함의 원인은 당연히 마녀 때문이었다. 아니, 단문영 때문이었다. 마군들을 보자 단문영이 순식간에 머릿속을 가득 채웠다. 이런 괴물들의 주인인 마녀에 대한 분노, 원망이 한꺼번에 밀려왔다.

그래서 지금… 화풀이를 하고 있었다.

그극! 무린의 급속 전진 후 찌른 비홍이 막혔다. 넓적한 대부였다. 면의 넓이만으로도 웬만한 성인 사내 두상은 그대로 가려 버릴 정도로 컸다.

그그그극! 그러나 비홍의 날 끝에 맺힌 비천신기는 감히 자신을 막는 대부를 뚫기 시작했다. 극렬하게 회전하는 비천신기가 강철을 파고들었다. 불꽃이 마구 일기 시작하며 쇳가루가 마구 튀기 시작했다.

비천신기가 관통을 시작한 것이다.

흠칫, 하고 놀라는 기색이 느껴졌다. 그러나 무린의 눈빛에는 물러날 생각이 조금도 없었다.

그아앙! 단숨에 절정으로 올라간 비천신기가 푹, 소리 나게 대부의 면을 뚫고 들어간 다음 발출, 마군의 복부에 틀어박혔다. 비천신기는 순식간에 피륙을 찢고 마군의 몸속으로 들어갔다. 구르륵!

마군의 입에서 나온 요상한 신음. 이후 마군은 철퍽 바닥에 쓰러졌다. 내부 장기가 모조리 갈렸으니 당연한 일이었다.

쉬아악!

뒤통수를 노리고 떨어지는 무언가가 느껴졌다. 펼쳐진 초감각이 애초에 다가오는 것도 알고 있었고, 무린은 이미 그에 대응할 준비가 끝나 있었다.

팍! 지면을 박차고 오히려 뒤로 몸을 날리는 무린, 무기가 무린의 머리에 떨어지기도 전에 무린의 몸통이 마군의 몸통을 후려쳤다. 그 힘에 쭉 뒤로 밀려 나가는 게 느껴졌고, 무린의 신형이 그 순간 회전했다. 동시에 손도 펴지며 같이 회전, 스가악! 비청의 날이 마군의 목젖을 그대로 그어버렸다.

번쩍하는 순간, 이미 목이 갈려 피를 분수처럼 뿜기 시작했다.

무린의 신형이 다시금 뒤로 쭉 물러났다. 떨어지는 혈우를 피한 무린의 신형이 다시금 회전했고, 다시 한 번 지면을 박찼다.

쉬익!

아직 해가 뜨지 않은 어둠 속에서 무린의 신형이 귀신처럼 움직였다.

빡!

우지직!

뼈가 울어대는 소리가 들렸다. 무린이 비홍으로 마군 하나의 어깨를 그대로 후려친 것이다. 육안으로 파악 불가의 고속

이동 후 이루어지는 공격들이다. 막기 쉬울 리가 없었다. 아니, 막는다 하더라도 비천신기의 내력이 막는 것들을 모조리 부수고 들어갔다.

무린은 지금 진심이다.

번뜩이는 청광은 지독한 흉성, 살심을 품고 있었다. 그래서 규모를 본 직후, 도망치지 않고 습격해 섬멸을 시작한 것이다.

푹! 푹푹푹!

무린의 뒤로 다가왔던 마군의 몸에 구멍이 송송 뚫렸다. 은밀히, 빠르게 왔다고 생각했겠지만 무린의 초감각은 벌레 단위 크기의 기척도 짚어낸다. 등 뒤까지 이동해 왔는데 모를 무린이었다면 이 자리에 있지도 못했다.

그걸 모른 대가는, 몸에 나는 바람구멍이었다.

스가앙……!

퍼걱!

저 뒤편에서는 미오의 도격이 마군들을 쓸고 있었다. 그 소리에 무린은 든든했다. 손속을 맞춰 본 것은 소요진 이후 두 번째. 사실 그때는 맞춰봤다 할 수도 없었다. 거의 개인적인 무력에 기대 전투를 치렀으니까.

하지만 무린 정도의, 미오 정도의 무인이라면 손속을 맞춰 볼 필요도 없었다. 지금 같은 상황 말고 위급한 상황이 오면 알아서 동료를 위해 움직여 줄 것이다. 무린도, 미오도 말이다. 경험은… 넘칠 정도로 축적되어 있으니까.

무린이 뒤로 쭉 빠졌다.

그 순간 미오가 무린을 시야에 담더니 똑같이 그 옆으로 몸을 날려 왔다. 이렇게 아는 것이다. 무린이 아무도 없는 곳으로 몸을 날리자, 전투의 종료라는 것을 그 순간 깨달아 주는 것. 이런 동료가 있으면 전투가 정말 편하다.

비천대처럼 손발이 척척 맞으니 말이다.

무린의 신형이 바람처럼 앞으로 쏘아졌다. 쭉쭉 나가더니 능선을 산을 타고 어둠으로 흘러들어 갔다. 미오도 바짝 붙어 무린의 뒤를 따라 어둠으로 사라졌고, 마군은 그런 둘을 쫓지 못했다.

너무 순식간이기도 했지만, 피해가 너무 컸기 때문이었다.

백에 가깝던 마군의 수가 일각 남짓의 교전으로 스물 이하까지 떨어졌다. 본능적으로 쫓아봐야 죽는다는 것을 깨달은 것이다.

그리고 흉포한 무린과 미오의 기세가 이성도 없는 뇌리를 장악하기도 했다. 발이 지면에 딱 달라붙은 것처럼 남은 마군들은 무린과 미오가 사라지는 걸 보고도 움직일 수 없었다.

남경행의 첫 번째 교전은 그렇게 끝이 났다.

* * *

다시 하루가 지났다.

그 사이 무린은 어느새 강포현까지 도착한 상태였다. 이제 도강만 하면 남경은 지척이었다. 하지만 도강은 쉽지 않았다.

"어마어마하군요."
"네."
강기슭에 난 늪지대에 숨어 있는 무린의 시야에 어마어마한 수의 마군이 보였다. 이미 교전이 벌어졌으니 위치는 노출되고 말았다. 그래서인지 강을 지키는 마군의 숫자가 장난이 아니었다.
그냥 새까맣게 보였다.
"그냥은 못 건너겠어요."
"음……."
미오의 말에 무린은 낮은 신음을 흘렸다. 이쪽의 강가도 많지만, 건너편의 강에도 숫자가 장난이 아니었다. 군데군데 지키는 게 아닌, 정확히 이쪽으로 올 줄 아는 것 같았다. 대략 세어 보면…….
'약… 일천. 하지만 근방 병력까지 포함하면 그 수는 기하급수적으로 늘어나겠지. 도대체 여기에 몇이나 동원된 거지?'
기가 찰 정도로 많은 수가 동원됐다.
현실적으로 저 경계병의 이목을 피해 도강하는 건 불가능하다는 생각이 들었다. 긴가민가한 생각이 아니고, 확신에 찬 생각이었다. 요행을 바라볼 정도도 아니었다. 나가는 즉시 걸릴 게 분명했다.
"어떻게 할까요?"
미오가 저음으로 물었다.
무린은 그 말에 고개를 저었다.

"아직 좀 더 생각해 봐야겠습니다. 저건 단순히 힘으로 뚫기에는 무리로 보입니다. 뚫기야 하겠지만 그 뒤에 정예가 기다리고 있으면 생사를 장담하지 못할 수도 있습니다."

"……."

미오는 그 말에 눈썹을 한차례 꿈틀거렸지만 별다른 말은 하지 않았다. 그녀도 잘 알기 때문이다.

그냥 마군과 진짜 정예인 마군의 차이를 말이다.

절정의 마군을 죽이려면 미오도, 무린도 제대로 준비된 일격을 먹여야 했다. 그리고 당연히 그 제대로 된 일격들은 내력 소모를 불러 일으켰다.

신공을 익히고 있지만 내력은 결코 무한한 것은 아니었다. 무조건 유한하다. 그리고 유한하기 때문에, 소모되면 될수록 부담은 커져 간다.

위력도 떨어진다.

이 자체가 위험도를 급상승시킨다.

그렇게 떨어진 내력은 반드시 휴식을 취해야 다시금 차오른다. 각자의 방식으로, 구결을 따라 내력을 돌리며 자연과 호흡을 해야만 내력은 조금씩 제 모습을 찾아가는 것이다. 그러니 도강을 무사히 하고, 저들을 뚫었다고 쳐도 그 뒤에 정예가 있으면 앞날을 예상하기가 참 힘들다. 무린이 그래서 생사를 장담하기 힘들다고 한 것이다.

'하지만 그렇다고 이대로 돌아갈 수도 없다. 방법… 방법을 생각해 내야 해.'

힘들이지 않고 남경으로 갈 수 있는 방법을 말이다. 아니, 남경까지는 무리더라도 저 강만은 내력을 소모하지 않고 건너야 했다.

이유?

좀 전에 말했다.

저 뒤에 뭐가 있을지 모르기 때문이라고.

'후우, 미치겠군.'

생각할 시각이라도 많았으면 좋으련만, 무린에게는 그것도 허락되지 않은 상황이었다. 미오도 마찬가지였다. 둘 다 빨리 남경으로 가야만 했다. 여기서 이렇게 죽치고 있는 시간도 아까운 상태였다. 그러나 말했듯이 섣부르게 움직일 수도 없는 상황.

진퇴양난이었다.

탈각의 무인이라도 무적은 아니라는 게 하필이면 지금 이 자리서 증명되고 있었다. 무린은 속이 탄다는 걸, 정말 제대로 느끼고 있었다. 부글부글, 낮은 온도에서부터 시작되어 점점 고온의 열로 인해 끓는 무쇠 솥 속의 물이 된 기분이었다.

오만가지 생각 중, 가장 가능성이 높은 작전 하나가 겨우 생각났다. 아니, 작전이라고 하기에도 뭐했다.

'역시 밤을 노려야 하나.'

어둠의 힘을 빌리는 게 전부였으니까.

하지만 이 방법 역시도 무조건 성공한다는 보장이 없었다. 운에 맡긴다? 설마, 그러기에는 무린의 성격이 너무 현실적이었다.

그러나 지금 생각나는 건 역시 밤의 힘을 빌리는 것밖에 떠오르지 않았다.

"밤을 노려 도강해야겠습니다."

"……."

미오가 무린을 올려다봤다.

입술이 우물거리는 게 보였다. 뭔가 할 말이 있는 것 같았다. 그녀가 할 말이야 빤해서, 무린은 금방 이해했지만 어쩔 수 없었다. 지금 도강하기에는 강 주변으로 포진한 적의 수가 너무나 많았다.

미오도 그 부분은 명확히 인지하고 있었는지, 이후 천천히 고개를 끄덕였다. 미오의 답을 듣고 하늘을 보니 해가 서산으로 향해 기울고 있었다. 이 정도면 두 시진이면 어둠이 찾아올 것이다.

길면 길고 짧다면 짧은 시각이었다.

현재 무린과 미오가 은신하고 있는 곳은 정말 찾기 힘든 곳이었다. 기형적으로 형성됐다고 생각해도 될 정도로, 은신에는 딱이었다. 게다가 무린이 있으니 다가오는 기척이 있다면 귀신같이 잡아낼 수 있을 것이다.

무린에게 기척을 숨기고 싶다면 이제는 마녀 정도가 아니면 힘들 것이다. 소수의 후예와 대결 전 한차례 진행된 각성을 통해 무린의 초감각은 더욱더 성장했으니까.

"먼저 쉬십시오."

"……."

미오는 무린의 말에 고개를 끄덕였다. 어차피 맞교대니 서로 부담도 없었다. 그리고 둘 다 탈각의 무인. 믿을 만한 정도가 아니라, 그 이상이었다.

편한 자세를 잡고 눈을 감는 미오.

전투를 위해 바로 휴식에 들어가는 모습은 어지간한 경험이 없고서는 힘들다. 전투가 주는 긴장은 휴식 자체를 방해하니 말이다. 하지만 미오는 무린이 쉬라고 하자 바로 휴식에 들어갔다.

경험에서 나오는 모습이었다.

무린은 미오에게서 시선을 떼고 다시금 전방을 살펴봤다. 거리는 상당하지만 이 정도 거리는 말했듯이 무린에게는 아무런 영향도 줄 수 없었다. 딱히 안력을 돋우는 법을 배우진 않았지만 그걸 상쇄하고도 남을 내력이 무린에게 있기 때문이었다.

'조용하군.'

마군들은 별다른 움직임을 보이지 않고 있었다.

고정 경계병, 그리고 순찰병으로 이루어졌다.

'각 조는 열 명. 조의 수는… 셀 수가 없어.'

셀 수가 없다는 무린의 속마음이 의미하는 바는 딱 하나였다. 저 강을 경계하는 마군의 수가 상상 이상이라는 것. 말 그대로 셀 수 없이 많다는 뜻이었다.

빌어먹을.

'제발 인간이길 빌어야겠어…….'

무린은 마군이 '인간' 이길 빌었다.

인간이라면 무조건적으로 수면이 필요하니 말이다. 그렇게 비는 이유도 딱 하나, 인간의 육체는 휴식 없이는 활동이 불가능하게 만들어져 있기 때문이었다.

내력이 강성할수록 휴식 없이도 활동할 수 있는 시각이 늘어나지만, 제대로 휴식을 취하지 못한 육체는 반드시 삐걱거리게 되어 있다. 녹이 슨 검처럼 말이다. 그러니 저들이 인간이라면 분명 휴식은 취하게 될 것이다.

그때, 그때가 저 강을 건널 기회가 된다.

'반드시 남경으로 간다…….'

해는 빠르게 떨어졌다.

서산에 걸쳤다가 어느새 너머로 쏙 들어가는 해. 다음엔 달이 떴다. 그 시각 무린은 일어난 미오와 교대했다.

* * *

새벽 미시 초.

무린이 움직이기로 결정한 시각이었다. 삑삑 우는 풀벌레들 소리가 강 주변의 평화를 알려왔다. 곧 끝날 평화지만, 그래도 들으면 마음이 묘하게 안정되는 효과가 있었다. 물론, 어둠도 비슷한 효과를 무린에게 선사했다.

'불을 꺼놨어.'

경계는 당연히 주변이 환해야 한다. 그래야 작은 그림자라도 놓치지 않기 때문이다. 그런데 강 건너도, 이쪽의 기슭 주변에도 불을 피워놓은 곳이 단 한 군데도 없었다. 이상한 일이었다.

'불이 없어도 이 어둠 속에서 시각적으로 문제가 없다는 건가?'

스스로가 생각했지만, 고개가 바로 끄덕여졌다.

그렇게 생각하는 게 옳았다. 그게 아니라면 칠흑이라 불러도 좋을 이 어둠 속에서 불을 피우지 않을 이유가 없었다.

시각은 문제가 안 된다.

무린은 미오를 바라봤다. 미오도 무린을 바라보고 있었고, 천천히 고개를 끄덕이는 그녀. 준비가 끝났다는 신호였다.

무린도 고개를 끄덕였다.

한 가지를 간과한 채.

두 사람의 신형이 조용히 전방으로 나아가기 시작했다. 포복이라고 불러도 좋을 정도로 상체가 지면에 거의 딱 달라붙어 있었다.

무린은 미오가 잘 따라올까 걱정도 했지만, 기우였다. 그녀는 무린 못지않게 움직이고 있었다. 그건 곧 이런 경험이 수두룩하다는 걸 뜻했다. 나이도 적지 않은데 이 정도라니. 그것도 놀라운 무린이었다.

두 사람은 천천히 이동하는 것 같았지만, 그건 또 아니었다. 슬금슬금 기는 것도 일반인이 해야 느리지, 두 사람이 하면 전혀 달랐다.

쭉쭉, 지형지물을 전부 계산에 넣고 움직이니 보통 성인 사내가 빠르게 걷는 정도는 되었다.

슥, 잠시 멈추는 무린.

그에 미오가 바로 반응해서 멈췄다.

굳이 신호를 보내지 않아도 알 수 있는 현상이었다. 정찰병이 이쪽으로 다가오고 있다는 뜻이었다.

아니나 다를까, 조금 있으니 바삭거리는 소리가 들려왔다. 풀을 밟으며 나는 소리였다.

무린은 기척을 확 죽였다. 비천신기를 조종해 신체의 활동도 서서히 죽여 나갔다. 숨결조차 조정하며, 마군 정찰조가 지나가길 기다렸다.

사박, 자박자박.

반각 가까이 기다리자 발걸음 소리가 들려오지 않을 정도로 멀어졌다.

그제야 무린은 다시금 움직였다.

얼마 지나지 않아 앞에 강이 보이기 시작했다. 무린의 몸이 소리 없이 강 속으로 들어섰다. 찬 물이 몸에 닿으며 과열되어 있던 감각들을 차갑게 식히기 시작했다. 뒤따라 미오도 강물로 들어섰다. 머리는 밖으로 나오지 않았다. 두 사람 다 잠영(潛泳)으로 강을 건너기 시작했다.

강물은 그렇게 맑지 않았다.

하지만 앞서 잠영을 하는 무린을 미오는 잘도 따라왔다. 그녀 또한 강성한 내력을 보유하고 있을 테니 그리 놀랄 일도 아니었다.

강은 깊고, 넓었다.

하지만 물살에 몸을 맡겨 깊게 헤엄쳐 가니 끝이 보이는 것도 금방이었다. 건너편 기슭에 도착한 무린이 고개만 살짝 빼고 전방을 살폈다. 어둠이 확실하게 가려주고 있고, 강물의 칙칙한 색도 무린을 도와주고 있었다.

기잉, 기잉.

초감각이 확장되며 주변의 지형은 물론 적의 수, 거리까지 낱낱이 알려오기 시작했다. 가장 가까이 있는 마군과의 거리는… 꽤 됐다.

좌악.

무린의 몸이 바로 물에서 빠져나오며 전방의 풀숲으로 들어갔다. 그리고 거의 동시에 뒤따라온 미오도 마찬가지로 무린의 옆으로 붙었다.

모락모락, 그녀의 몸에서 열기가 올라왔다.

무린의 몸도 마찬가지였다.

체열, 그리고 내력을 돌렸으니 수분이 증발하는 속도가 빨라져 버렸다. 무린은 움직이지 않았다. 주변은 조용하지만, 이렇게 열기를 뿜는 채로 움직이다가는 걸리기 딱 좋았다. 열기는 반각도 되지 않아 멈췄고, 무린은 다시금 움직였다.

사삭, 소리도 내지 않고 움직이는 두 사람.

교묘하게 은신이 가능한 지형이 상당히 있었고, 무린은 그런 곳으로만 골라 움직였다. 그렇게 이동하기를 거의 반 시진.

끝이 보였다.

보인다고 생각했다.

좌아악!

수를 헤아릴 수 없는 기척이 모여들기 시작했다. 이변이 생겼고, 초감각이 즉각 알아차렸다.

"이런!"

무린은 즉각 상체를 세우고 일어났다. 그리고 전방으로 화탄처럼 튕겨 나갔다. 그건 미오도 마찬가지였다.

검은 그림자들이 전방, 후방, 좌우 양옆에서 마구 보였다. 어떻게? 의문을 느낄 틈도 없이 무린은 비홍을 휘둘렀다.

꽈직!

가장 가까이 있던 자의 어깨가 함몰되면서 주저앉았다. 그 순간 옆으로 은빛의 궤적이 빛살처럼 쏘아져 나갔다.

사일(射日).

점창의 비전 검예다.

퍼걱!

얼마 지나지도 않아 검은 그림자 몇 개의 신형이 터져 버렸다. 붉은 피가 산화하는 그 순간에도 무린은 신형을 멈추지 않았다. 그대로 돌격 후, 비청을 내질렀다. 전사력이 가미된 찌르기가 푹! 소리를 내면서 마군 하나의 심장을 꿰뚫었다.

"그대로!"

어차피 걸린 마당이다. 무린의 외침에 짧게 네, 하는 대답이 들려왔다. 길게 얘기하지 않아도 이해한 것이다. 미오의 신형이 다가왔다. 그리고 도약! 무린의 어깨를 가볍게 밟고, 탄력을 준 후 높게 비상했다.

파박!

그 순간 무린의 신형도 다시금 전방으로 폭사됐다. 쭉 나가서, 비청과 비홍이 무린의 손을 떠났다.

쉭!

푸북!

거의 동시에 들린 관통 소리를 듣고 난 직후, 무린은 바로 창을 회수했다. 손끝에 착 감기기 무섭게 바로 다시 휘두르는 무린.

퍼걱!

어느새 옆으로 따라 붙은 그림자의 얼굴 옆면에 사정없이 꽂혔고, 그대로 터져 나갔다. 그 순간 어두운 공간에 은빛의 궤적이 다시금 피어났다.

스가앙……!

청각을 자극하는 소름 돋는 소음도 동시에 일었다. 아름다운 꽃은 독을 품고 있다고들 하는 것처럼, 미오가 피어낸 궤적은 치명적인 독성을 내포하고 있었다.

퍽!

퍼버벅!

하나의 궤적이 여러 번의 파육음을 만들어냈다. 점창의 사일은 빠르고 강력하다. 속도는 광검의 분광에 비할 바가 아니나, 파괴력만큼은 분광을 뛰어넘었다.

'좋지 않아…….'

착실하게 마군을 잡고 있지만, 상황은 그다지 좋게 흘러가는 게 아니었다. 초감각은 여전히 활성화 중이고, 지금 현재 적이 얼마나 모여들고 있는 지도 알려주고 있었다. 그것도 아주 정확하게 무린을 향해서 다가오고 있었다.

경로가 벗어난 자들이 단 하나도 없었다.

이 어둠 속에서도 말이다.

'과신했어.'

빠악!

그렇게 생각하면서도 무린은 몸을 멈추지 않고 있었다. 곱게 접힌 팔꿈치가 마군의 안면에 틀어박히며 안면을 그대로 함몰시켜 버렸다.

스가앙! 하는 소리과 뒤이어 들려왔고, 다시금 퍽퍽거리는 소리들을 만들어 냈다. 계속해서 잡고 있지만 마군이 다가오는 속도가 더 빨랐다.

'어떻게 이렇게 정확히……?'

상당히 떨어진 거리의 마군도 아주 정확하게 이곳으로 오고 있었다. 무린은 그게 의문이었다. 불빛 한 점 없는데, 대체 어떻게? 사일의 궤적을 봐서? 아니다. 그건 순간적인 번쩍임이고, 무린은 그때마다 경로를 비틀고 있었다. 그런데도 정확하게 다가오고 있었다.

그게 뜻하는 바는 하나.

자신의 위치를 특정할 수 있는 기예들을 이들이 익히고 있다는 것밖에 없었다.

'불빛이 없어서 시각은 포기… 아, 청각?'

그렇다면 소리다.

극히 예민한 청각이라면 무린이 있는 위치를 잡는 것도 문제는 아닐 것이다. 설마 이들 전부가 초감각을 익히고 있지 않은 이상에야 말이다. 초감각은 특별한 기예다. 오직 무린만 가지고 있을지도 모를 만큼.

그러니 초감각은 분명 아니다.

'청각만 극한 단련? 그래서 불이 없던 거였어? 오직 청각에만 의지해 경계하고 있었어!'

그렇게 생각하면 말이 된다.

자신이 바닥을 기었을 때, 어쩔 수 없이 풀을 건드릴 수밖에 없다. 손과 발이 땅을 짚는 그 순간에 분명 풀잎 간드러지는 소리는 났을 것이다. 최대한 신경 써서 소리를 죽였을 뿐, 아예 없앤 게 아니었다.

'처음부터 알고 있던 거야. 그리고 좀 더 안으로 들어올 때까지 기다렸겠지……. 완전히 당했어.'

빌어먹을!

불을 피우지 않았다는 사실에 좀 더 신경을 써야 했다. 그걸 신경 쓰지 않고 오히려 잘됐다고 생각한 게 현재의 상황을 만들어냈다.

마음대로 흘러가지 않는 상황은 무린에게 짜증이 일도록

만들었다. 여기서 이렇게 힘을 뺄 시각이 없는데 어쩔 수 없이 체력, 내력 소모를 하고 있었다. 마군들은 문제없다. 진짜 문제는 붉은 수실을 단 마군들이다.

그리고 더 큰 문제는… 흑영이나 구화검처럼 탈각을 이룬 무인들이다. 아직 알려지지 않은, 구화보다 서열이 높다는 무인이 나서면?

그건 진짜 위험했다.

소수의 전승자를 죽인 무린이다.

전설을 박살 냈지만, 사실 그 싸움은 운이 많이 도와줬다. 소수보다 윗줄의 무인이 나서면 어찌 될지 장담할 수 없는 무린이었다. 소수가 삼위, 그리고 구화가 이위였다. 일위의 무인이 있을 수도 있다는 소리였다. 아니, 분명히 있다. 그나마 다행이라면 자신과 비슷한 경지의 미오가 함께 있다는 것 정도?

쉭!

무린의 볼 옆으로 날카로운 화살 하나가 스쳐 지나갔다. 근거리에서 쏘아 보낸 연노. 사정거리는 짧지만, 어마어마한 관통력과 파괴력을 보유한 게 바로 연노다. 게다가… 익숙한 소음이 들렸다.

보통 연노와는 다른, 특수한 연노다.

'가지가지 하는군. 이걸 어떻게 구한거지? 같은 패……?'

북방의 초원여우.

그들이 주무기로 사용하는 연노를 마군들이 들고 있었다. 꽈직! 무린의 창이 근거리에 있던 마군의 연노를 박살 내고,

이어 수직으로 솟구쳤다.

푹!

창날이 턱 아래부터 뚫고 들어가 그대로 숨을 끊어버렸다.

쉭쉭쉭!

그 순간 뱀이 혓바닥 날름거리는 소리가 동시에 좌우, 뒤에서 들렸다. 무린의 신형이 회전하면서 비청과 비홍이 동시에 벼락처럼 움직였다.

까강!

쉭!

두 개는 쳐내고, 허벅지를 노린 화살은 그대로 몸을 회전시켜 피했다. 회전과 동시에 파박! 지면이 긁히고, 무린의 신형이 다시금 쏘아져 나갔다.

“조심!”

“네.”

무린의 경고에 미오가 답을 하고, 전방을 열기 시작했다. 스가앙……! 거침없이 펼쳐지는 사일의 검격이 앞을 막고 있는 마군들을 터트리기 시작했다. 궤적이 일고, 소음도 같이 인다는 걸 인지하는 순간, 이미 궤적은 목적지에 도달해 있었다.

쾅……!

지면이 터져나가며 흙이 비산했다.

비산한 흙이 바닥에 떨어지기도 전에 둘의 신형이 흙먼지를 뚫고 지나갔다. 바로 앞에 보이는 적 하나.

눈동자가 기이했다.

동공이 거의 없고, 그냥 유리알처럼 번들거렸다.

저런 눈이 정상적인 시각 정보를 인지할 수 있을 리가 없었다.

'역시…….'

시각을 죽인 게 분명했다.

이들은 청각만으로만 움직이는 마군들이었다. 시각의 정보를 포기하고, 오직 청각의 정보로만 목표를 찾아내는 이들.

'따돌리기 힘들겠어…….'

소리로 찾아올 것이다.

아주 작은 소리만 일어나게 해도 귀신 같이 위치를 특정하고 쫓아올 게 분명했다. 골치 아파진 게, 아주 짜증스러운 상황까지 몰렸다.

게다가 이건 아주 익숙한 상황이다.

예전… 미오를 만나기 전, 몰이를 당할 때처럼 말이다.

'적장은 병법에 통달한 자, 거기다 경험까지 많은 자다.'

덮치라는 신호도 그자가 보낸 게 분명했다.

그건 곧 이 근처에 있다는 소리. 이 근방에 있지도 않으면서 이런 절묘한 용병술을 보여주는 건 결단코 불가능하다. 용병왕 아무르가 온다 할지라도 말이다. 주변에 있으니 반드시 쳐 죽여야 할 적이었다.

'남경으로 가는 건 그자를 제거하지 않고는 불가능해…….'

지휘관이 없는 군대?

오합지졸도 그런 오합지졸이 없다.

왜냐.

지휘관의 명령에 익숙해졌기 때문이다. 그 명령 체계가 사라지면? 분명 지휘 계통에 혼선이 올 것이다. 그 혼선은?

무린을 남경으로 시원시원하게 보내줄 길을 줄 것이다.

꽈직!

생각을 하는 와중에도 무린은 쉬지 않았다. 통렬한 창대를 이용해 마군 하나의 앞면을 짓이겨 놓으면서 눈동자만 굴려 주변 지형을 파악했다. 물론, 초감각이 바탕에 깔려 있었기에 시선은 근거리가 아닌 원거리를 보고 있었다.

'가까이 있을 리 없지.'

탈각의 고수 근처에서 지휘를 한다?

미치지 않고서야…….

스가앙……!

백광이 번쩍이며 어둠을 갈라냈다. 퍽! 듣기만 해도 섬뜩한 소리가 전방에서부터 울렸다. 미오의 사일이 다시금 마군 하나를 황천으로 보낸 게 분명했다.

'돌파는 나보다 위! 좋아…….'

미오가 전방에서 완벽하게 길을 뚫고 있었다. 그 속도는 빠르지 않지만, 그렇다고 느린 것도 아니었다. 성인 사내가 달리는 속도보다는 빠르게 길을 열고 있었다. 게다가 전방만 주시하는 것도 아니었다. 자신을 중심으로 좌우까지, 완벽하게 공간을 통제하며 길을 열고 있었다.

쉭!
초감각이 저 끝에서, 미약한 소리를 감지해 냈다. 그에 등골에 소름은 물론 솜털까지 쭈뼛하고 일어섰다.
소리는 하나.
그러나 날아오는 건?
열댓 발이 넘었다.
정확하게는 열하고 둘.
일시에, 아주 완벽하게 동시에 쏘았다는 뜻이었다. 얼마나 훈련하면 가능할까? 비천대도 이 정도는 아니었다.
까가강!
따당!
전방으로 날아오던 화살은 미오가 거둬냈다. 면도 넓지 않은 대태도를 세우고 좌우, 검무처럼 움직이니 모조리 힘을 잃고 떨어졌다.
과연 구파의 점창, 그곳의 절기를 익힌 여인다웠다.
그럼 무린은?
무시하지 마라, 북방에서 십오 년을 구른 무린이다. 무린은 날아오는 모든 화살을 상체를 버들가지처럼 흔들어 흘려내고, 하체를 노리는 것들은 모두 비청과 비홍으로 쳐냈다. 물론 달리는 속도도 죽지 않았다.
이 정도도 못했다면 무제의 칭호는 지나가는 개에게 줘야 할 것이다. 그 순간, 다시금 쉭! 소리가 들렸다.
이번엔 소름이 줄줄이 짝지어 온몸을 기어 다녔다. 소리는 하나, 그러나 화살은? 훨씬 많았다. 적어도 아까의 두 배였다.

초감각은 무린을 위협하는 모든 것들에 대해 결단코 놓치지 않기 때문에, 아주 똑바른 경고를 무린에게 전달했다.

그게 소름이 돋은 이유였다.

화살은 빠르다. 지금 이걸 생각하는 와중에도 무린과 미오의 숨통을 물어뜯으러 거리를 삭삭 좁혀오고 있었다. 무린의 시선은 미오에게 있었다. 무린이 느낀 것, 그녀도 느꼈다. 어느새 전진은 멈추고 지면에 하체를 굳건히 박아 놓고 있었다. 중심이 완벽하다. 저 상태면 중심 이동도 더 쉬울 것이다.

'걱정 없겠어!'

게다가 긴장한 기색도 없다.

그녀의 정신은 지금 이 순간, 전투에 온전히 집중하고 있었다. 흘러나오는 서늘한 패기에서 알 수 있는 부분이었다.

과연, 구파의 무인이다.

이 거지같은 전쟁의 중심부에 선 무인이다.

'하긴, 저 정도가 아니라면 설 자격도 없겠지…….'

그 생각을 끝으로, 어둠이 다시금 갈렸다.

쩌저정!

은빛의 궤적이 이번엔 직선이 아니라 곡선을 그렸다. 아주 아름답고 섬세하게 피워낸 도격이 날아오는 철시를 모조리 튕기고 박살 냈다. 제아무리 초원여우가 쓰는 연노라고 하더라도 탈각의 무인이 작정하고 하는 방어를 뚫고 들어올 수는 없는 노릇이었다. 저 연노는 무인이 아닌 병사들에게나 악몽이었으니까.
아니, 일류 정도까지는 애먹일 수 있지만 그 이상은 애초에 무리였다. 절정만 들어서도 감각계 자체가 상상을 초월할 정도로 확장되니까.
스가앙……!
이번엔 또 달랐다.
도면의 굵기와 항상 같던 궤적이, 이번엔 그 몇 배로 확장되어 마치 방패처럼 미오의 전면을 막아섰다.
터더더덩!
철시들은 사일의 방어 도격을 뚫지 못했다. 그 순간, 무린의 손이 빛살처럼 움직였다. 슈악! 어둠을 뚫고 비홍이 날았다. 순식간에 미오를 스쳐 지나 어둠 속으로 사라졌다.
푹! 부욱!
하나를 뚫고, 뒤에 있던 자를 같이 뚫었다. 투창에 대한 대비를 제대로 하지 못한 자의 최후였다.
단번의 공격으로 둘을 잡았다.
그러나 무린은 만족하지 않았다. 어느새 그의 손에서 비청 또한 떠났다. 슈악! 이번엔 아쉽게도 하나의 몸통을 뚫는 것을 끝났다. 두 창은 나란히 손만 뻗으면 닿을 위치에 박혔고, 그 순간에 다시 미오가 전방으로 신형을 쏘아냈다.
쭈욱……!
미끄러지듯이 상체를 숙인 그녀의 돌격은 매우 빨랐다. 눈을 깜빡였다가 뜨면 시각에서 사라질 정도였다.

스가앙……!

퍼걱!

꽈직!

급속도로 전진한 미오가 무린의 창이 박혀 있는 곳 주변의 적 둘을 아예 통째로 터트려 버렸고, 쉬쉭! 무린의 창을 뽑아 정확히 무린에게 되돌려 보냈다.

착! 착!

딱 맞게 날아오는 비청과 비홍을 손으로 받은 무린이 뒤에서 달려오는 마군과의 거리를 가늠했다.

'십 장.'

아직, 거리는 충분하다.

기잉! 기이잉……!

파악!

무린의 하체가 움직이며 지면이 움푹 파여 나갔다. 힘을 감당하지 못해 터진 것이다. 그럼, 무린의 속도는?

귀신만큼 빨랐다.

순식간에 미오를 스쳐 지나가 전방의 마군들에게 다가서는 무린. 무린의 등장은 정말 귀신이 눈앞에 스르르 나타난 것만큼 놀라운 행동이나, 마군들은 고요했다.

'청각에만 의지하고 있으니… 내가 오는 걸 알았겠지.'

시각 정보에 갑자기 탁 걸리면, 사람은 당연히 놀라고 만다. 하지만 이들은 청각을 이용하는 마군들.

무린이 신형이 무풍형의 구결로 인해 쏘아졌을 때부터 이미 알고 있었을 것이다. 그리고 버겁지만 착실히 거리감의 정보를 얻었을 것이고.

훈련은 지독하게 받았을 테니 놀라지 않는 것도 이해는 간다.

하지만…….

놀라지 않았다고 막을 수 있을까?

절대, 불가능하다.

꽈직!

무린은 창대로 가장 가까이 있던 적의 얼굴을 후려쳤다. 불쾌하다 못해 몸이 움찔할 정도의 타격음 뒤에 나올 결말은 굳이 확인하지 않아도 될 것이다.

즉사일 테니까.

슉.

빡! 빠박!

상체가 좌우반동을 주며 움직이고, 비청과 비홍이 그 반동 속에서 마구 춤췄다. 누가 보면 마치 허우적거리는 걸로 보이겠지만, 글쎄, 과연 그럴까?

타격음은 착실하게 따라왔다.

제대로 거리를 잡고 상대를 두들기고 있다는 소리, 그건 곧 일격필살이기도 했다. 비천신기의 내력이 담긴 비청과 비홍이다.

막는다고 끝나는 게 결코 아니었다.

아니, 애초에 막는 것조차 불가능한 마군들이었다. 이들은 초병의 역할을 하는 마군들이다. 실력은 분명 있지만, 그건 일반적인 강호를 대상으로 했을 때의 얘기였다. 무린은, 비천무제는 일반적인 강호의 잣대를 들이밀기란 절대 불가능한 존재였다.

이런 전쟁만 일어나지 않았다면…….

비천무제는 온 강호를 떨쳐 울리고 있었을 것이다. 물론, 지금도 그러고 있지만 평화였다면 더 크고, 화려하게 울렸을 것이다.

쩡!

드디어 무린의 일격이 막혔다.

찌르기.

진각을 제대로 밟은 후 찔러 넣은 일격이 기형 검의 면에 막혔다. 하지만 비천신기의 바탕은 삼륜공.

그그그그극!

무린의 창에서 흘러나온 신기가 송곳처럼 변해 회전을 시작했고, 그 회전력을 마군은 막지 못했다. 극히 짧은 회전을 끝으로 파삭! 하고 검에 거미줄이 갔고, 거미줄은 이내 더욱 넓게 팽창됐다.

깨진 것이다.

그 사이를 뚫고 들어간 비친신기가 마군의 몸에 쿡, 처박혔다. 그걸로 끝이다. 내부는 아마 온갖 장기들이 뒤섞인 잡탕이 되어 있을 것이다. 게다가 뜨끈한 열까지 머금은 잡탕이.

빠악!

하지만 무린은 확인 사살을 잊지 않았다. 이들은 특수한 존재들. 마군 자체가 전부 그러하다. 나사 하나가 풀려도 제대로 풀린 인간들. 확실하게 숨통을 끊어 놔야 했다. 그래서 미오도 저 내력 소모가 있을 사일을 마구 뿜어내는 중이니까.

'빌어먹을…….'

원래 북방에 있을 때도 확인 사살은 반드시 필요한 과정이었기 때문에 거부감은 덜했다. 그러나 무린이 욕지기를 내뱉는 건, 대체 인간을 이렇게 독심을 가지도록 만들어 놓은 마녀 때문이었다.

'완전히 제대로 미친!'

미쳐도 단단히, 아주 온갖 수식어를 다 갖다 붙여도 될 만큼 미친 여인. 화르르! 분노가 다시금 되살아났다.

갈아 마셔도 시원찮을……!

후와악!

온전히 살아난 분노가 무린의 기세를 확 바꿔 버렸다. 열기가… 아니, 열풍(熱風)이 무린을 중심으로 돌개바람처럼 퍼졌다. 후끈한 열풍에 끈적끈적한 살의가 고스란히 담겨 있었다.

그 살의는 마군들의 신체에 제동을 걸었다.

끼긱…….

본능이 움직인 것이다.

다가서면 죽는다고.

스가앙……!

그때를 노리지 않고 미오의 사일이 수차례 번쩍였다. 어둠 속에서 피어난 백합 같은 궤적이 또다시 지독한 참극을 펼쳤다.

그때였다.

삐이이익!

좌우, 앞뒤 사방에서 날카로운 소리가 울려 퍼졌다.

삐익, 삐이익, 삐이이익……!

넓게 메아리까지 퍼지며 온 사방에 '어떤' 신호를 전달했다. 무린이 뭐지? 하고 의문을 가지는 순간 마군들이 썰물처럼 빠지기 시작했다. 다가오는 것보다 더 빠르게, 정말 꼬리에 불이라도 붙은 것처럼 왔던 길을 되돌아 사라져 갔다.

순식간에 일어난 일이라 무린은 미처 빠르게 반응하지 못했다. 덩그러니 남은 공간에 무린, 그리고 미오 둘뿐이었다.

"음……."

게다가 미오도 뭔가 이상함을 눈치챘는지 미약한 신음을 흘렸다. 아미도 찌푸려져 있었고, 입술도 살짝 이에 깨물려 있었다.

갑작스러운 퇴각 신호 때문이었다.

무린은 빠르게 머리를 굴렸다.

보통 이런 경우는 크게 없다.

'피해가 너무 커져서……?'

아니, 설마.

현재 이 포위망을 구축하고 움직이는 자에게 수하에 대한 동정, 연민이 있다? 말도 안 되는 개소리다.

즉각 무린의 고개가 저어졌다.

용의주도하게 사방에서 일시에 호각을 울렸다. 자신의 위치를 특정하지 못하게. 교묘하다 해도 좋을 정도로 머리를 굴리는 자.

'넌 반드시 죽여야겠다.'

살려두면, 어쩌면 비천대 전체까지 위험에 빠트릴 수 있을 자다. 무린이 잠시 겪어본 것에 대한 감상이 그랬다.

이자… 무혜에 비해 결코 부족하지 않은 자다.

군사의 자질이.

혹은.

군은 통솔하는 자질이.

스르르, 철컥.

미오의 도가 집에 들어가는 소리에 무린은 상념에서 벗어났다. 그러나 여전히 돌고 있는 초감각. 무린은 찾기 시작했다.

이 천라지망을 구축하고, 운용하는 자를.

第二百六章 예상 외(豫想 外)

초감각에 집중하고 있는 와중에 들려오는 목소리.

"이 진을 구축하고 운용하는 자, 위험합니다."

당연히 미오의 목소리였고, 그녀도 무린과 똑같은 생각을 하고 있었다. 느낀 것이다. 적의 지휘관이, 혹은 군사가 굉장히 위험한 자라는 것을.

"동감입니다."

"나중에 굉장히 큰 위협이 될 자예요. 근처에 있다면 처리하는 게 좋겠습니다."

"그 말에도 동감합니다."

고개가 절로 끄덕여졌다.

제일 과제는 비천대와의 조우였다. 하지만 지금 첫 번째 과제가 변했다. 적장의 목을 치는 일로 말이다.
굉장히 위험한 자였다.
내버려 두면 언제고 목줄을 쥐고 흔들 능력이 충분하다 못해 넘치는 자. 이런 자를 그냥 두는 건 정말 미친 짓이다.
지금 당장도 위험하고, 빠져나간다 해도 후미에서 분명 쫓아오리라. 그럼 칼을 베고 자는 것과 다를 게 하나도 없었다.
찜찜함?
그 정도로는 결코 설명할 수 없었다.
'나는 괜찮지만… 비천대는 결코 자유로울 수 없어.'
무린은 갑자기 이러는 게 아니었다.
전투 중이지만 충분한 생각을 했다.
비천대는 적지 않은 수다. 당연히 추적이 용이할 수밖에 없었다. 단체가 움직이면 흔적은 반드시 남을 수밖에 없으니까. 게다가 속도도 떨어진다. 적의 지휘관은 그런 비천대를, 정확히는 비천대와 함께하는 무린을 절대로 내버려 두지 않을 것이다. 문제가 된다 싶은 비천대도 마찬가지였다.
즉, 전체가 위험에 빠진다는 소리.
그러니 무린이 비천대를 만나는 것보다, 적 지휘관의 목을 치는 걸 먼저로 잡은 것이다. 그리고 그 생각은 미오와도 일치했다.
이렇게 되면 다음 행동은, 딱 정해져 있다.
"흩어지는 건 안 됩니다."
무린의 말에 미오가 잠시 생각에 잠겼다. 아마 그녀 나름 개인 정찰의 위험성을 생각해 보고 있는 중일 것이다. 그녀가 생각이 돈다면…….

"……."

침묵으로 고개만 끄덕이는 그녀.

다행이었다.

하지만 참… 세상 일이 마음대로 돌아가는 법이 없다는 걸 무린은 잠시 잊고 있었다. 특히 자신에 관한 일은 더더욱 심하다는 것도 말이다.

'음?'

초감각의 영역 끝으로 일단의 무리가 들어왔다.

뒤이어.

두드드드…….

미세한 진동이지만, 무린이 놓칠 리가 없었다. 들려오는 소리에 무린이 잠시 뒤로 물러났다. 전방에 작은 구릉이 하나 있었는데 그 밑에서부터 들려오는 소리였다.

"아……."

게다가 익숙한 기세도 느껴진다.

광검이 이끄는 광검대와 비슷하지만, 또 다른 기세. 광검대가 절제되지 않는 흉포한 야성을 가직하고 있다면, 저 기세는 깔끔하지만 굉장히 예리한 기세다. 손을 대면 베일 명검의 기세처럼 느껴지지만 그 안에 가득한 살의가 느껴진다.

비천대였다.

무린이 탄성을 흘린 이유는, 비천대와 조우해서 좋긴 하지만… 이젠 다 같이 적 지휘관의 추격을 받아야 하기 때문이었다.

"비천대입니다."

반사적으로 도집에 손을 올리고 있던 미오에게 조용히 말을 건네는 무린. 그런 무린의 말에 미오가 무린을 힐끔 보고는, 도집에서 손을 뗐다.

'미치겠군…….'

진짜, 속이 타들어갈 것 같았다.

반가움이고 나발이고, 왜 하필 이 순간 만나게 되었는지…….

어느새 비천대는 구릉을 다 올라왔다. 경로가 약간 달라, 무린은 비천신기를 다시 회전시켰다. 쭉쭉 올라가는 비천신기에 더해, 무린의 기세도 쭉 올라갔다. 후웅, 뜨거운 열풍이 불며 무린의 눈동자 청광을 담기 시작했다.

그러자 비천대의 경로가 즉각 수정, 무린을 향해 다가오기 시작했다. 살의는 죽고, 반가움이 살아난다.

초감각의 영역에 완전히 들어선 비천대.

그들의 기척이 온전히 전부 느껴지기 시작하자, 반가움이 들기 시작했다. 아무리 안 좋은 상황이라도… 비천대니까.

동료, 전우였으니 당연한 일이었다.

비천대의 모습이 육안으로도 보이기 시작했다. 거리는 순식간에 좁혀졌다. 선두부터 천천히 속도를 늦추기 시작하더니, 어느새 무린의 앞에 정확히 도열했다.

반가운 얼굴들.

하지만 대화는… 나중이다.

"나눠야 할 말은 많지만… 나중에 해야겠다. 이곳은 위험하다. 벗어나야 돼."

"……."

"……."

대답 대신, 굳은 얼굴로 고개만 끄덕이는 비천대다.

전방에 백면이 손을 들자 후미에서 비천대원 하나가 말을 끌고 왔다. 정확히 두 필이다. 그에 무린의 눈매가 꿈틀거렸다.

이 역시 궁금했다.

어떻게 무린이 동료 하나와 있는 걸 알았는지를.

"북방상단?"

"예."

대답은 무혜에게서 흘러나왔다.

얼굴을 보니 수척한 게… 고생이 심했던 것 같았다. 어떤 고생인지 안 물어봐도 알 것 같았다.

하지만 지금 당장은 벗어나는 게 먼저였다. 나눠야 할 대화는 산더미지만, 여기에서 나누기엔 할 말이 너무 많았다.

그리고 당장 위험하기도 하고.

무린이 훌쩍 안장에 오르자, 미오도 같이 따라 올랐다.

미오는 능숙하게 말의 기수를 돌려 무린의 왼쪽에 섰다. 최전방을 책임지겠다는 다분한 의도가 엿보였다.

무린은 말리지 않았다.

무린의 오른쪽으로는 백면이 섰다.

백면이 서자마자 무린은 고삐를 당겼다. 히히히힝! 구슬피… 아니, 무린을 다시 등에 태워 기쁨의 희열로 인해 우는 전마의 울음 직후, 무린이 먼저 쏜살같이 튀어나갔다. 그 양옆으로 백면과 미오가 나란히 쫓아와 달렸다.

전방에 무린이 서니 확실히 달랐다.

나사 하나 빠진 것처럼 보이던 비천대가 이제는 완전한 비천대가 된 것이다. 위용, 위압, 그 모든 게 변했다.

그렇게 질주를 시작하고, 무린은 또다시 예상외의 상황에 빠지고 말았다.

*　　　*　　　*

남경(南京).

강소성의 성도다.

무린은 남경에 무사히 잠입했다.

북방상단을 통해 얻은 지하의 비밀거처까지 모이기까지, 비천대와 조우하고 나서 하루 하고 반나절이다. 인원을 나눠서 들어왔기에 연경과 김연호, 그리고 장팔을 마지막으로 비천대가 전부 모였다. 미오는 남경으로 들어오는 즉시 헤어졌다.

거처를 알려 두었으니 영단을 구하면 잠시 들르기로 했다.

전부 다 모인 직후 비천대원들에게 휴식을 취하게 하고 조장들만 모이게 한 무린. 무린이 가장 먼저 꺼낸 말은 현 상황에 대한 의문이었다.

"왜 길을 열어줬을까."

이게 바로 무린이 빠진 예상외의 상황이었다.

"……."

"……."

무린의 말에 대답하는 이는 없었다.

군사, 무혜조차 입을 열지 않았다.

무린은 비천대와 조우하기 전, 분명 천라지망 안에 갇혀 있었다. 적장을 치기로 우선순위를 변경한 것도 천라지망 자체를 무너트리기 위해서였다. 포위망을 움직이는 수장이 없어지면 그 포위망은 깨진 것이나 다름없기 때문이었다. 그 이유? 당연히 나중을 생각해서였다. 비천대와 만났을 때도 그 유능한 적장이 건재하다면?

그 자체로 거대한 위협이라고 생각했다.

그리고 반드시 공격이 있을 거라고 예상했었다. 그런데… 없었다. 신호를 기점으로 사라진 마군들을, 무린이 비천대와 조우하고 남경까지 오는 동안 정말 그림자도 찾을 수 없었다. 완전히 길을 열고 증발한 것이다.

"몰랐을까?"

무린이 다시 입을 열어, 이번엔 질문하듯이 말을 내뱉었다.

이번엔 답이 나왔다.

"그건 아닐 거라 생각됩니다."

무혜였다.

무린이 보자, 무혜는 말을 이었다.

"그들이 몰랐을 이유가 없습니다. 저희가 그 안으로 들어서며 한 차례 격돌까지 있었으니까요. 반드시 알았을 겁니다."

"그렇지. 모를 수가 없지. 산동에서 이곳까지 쫓기면서도 뚫지 못한 천라지망이야. 내가 이동하는 속도에 맞춰 유동적으로 움직였다. 그건 내 위치를 정확하게 특정하고 있다는 소리지. 몰랐을 리가 없어. 그럼 왜 열어줬지? 누가 봐도 그건 길을 열어 준 거야. 안 그런가, 군사?"

"……."

무혜는 무린의 질문에 고개만 끄덕였다.

산동성 태산에서 이곳 강소성 남경까지 쫓아온 이들이다. 무린을 포위망에 넣고 말이다. 절대로 나가도록 두지 않았다.

그런 자가 이번엔… 나가게 됐다.

왜?

지쳐서?

비천대와의 조우를 혹시 깜빡해서?

첫 번째도, 두 번째도 말도 안 되는 소리였다. 그 어떤 이유를 가져다 붙여 봐도 길을 열어준 이유가 앞서 말한 두 가지 이유 때문이 될 수가 없었다.

그렇다면… 다른 이유.

그 이유를 무린은 알 것 같았다.

"몰랐다는 건 말이 안 되고, 다른 이유가 있다면… 내가 이곳에 와야 할 이유가 생긴 거지."

그리고 이런 이유 때문이 아니기를 빌었다.

솔직하게 말해 이제 넌더리가 났기 때문이다. 자신의 의지대로 움직였다고 생각했는데, 이 또한 놀아난 거다?

그렇다면 정말 미치고 펄쩍 뛸 일이었다.

"비천무제를 이곳에 보내야 하는 이유. 그리고 보내게 이렇게 만든 사람."

이옥상의 말.

그녀의 표정도 딱딱하게 굳어 있었다.

이유는 모르지만, 이렇게 상황을 만든 사람은 누군지 감이 딱 왔다.

"마, 녀……."

뚝뚝 끊기는 목소리.

백면이었다.

여전히 하얀 가면을 쓴 그는 예전과 매우 달라져 있었다. 탈각을 이루고 난 백면은 아직은 완전히 탈각의 경지에 적응하진 못한 것처럼 보였다. 하지만 그럼에도 강해져 있었다. 딱 보면 느낌이 오는 무린이었다.

그가 탈각을 이루기 전이라면 붙었을 때, 일각. 아니, 반각이면 충분해 보였지만 지금은 일각은커녕 그 이상을 붙어야 제압할 수 있을 것 같았다. 그만큼 강해졌다. 하지만 중요한 건 그게 아니고…….

무린을 이곳에 보낸 이유다.

어차피 마녀라는 게 밝혀졌다면, 원하는 게 있을 것이다.

이곳에서 무린이 필요한 이유가 있을 것이다.
그게 지금 상황에 제일 중요한 안건이었다.
하지만 알 리가 있나.
그렇게 쉽게 알 수 있는 이유였다면, 그렇게 상식이 잘 통하는 존재였다면, 무린이 이렇게 당하고만 있지도 않았을 것이다.
마녀는 언제나 상식외다.
기존에 있는 모든 것들을 파괴하는 게 바로 마녀다. 분명 이번에도 무린이 인지하기 힘든 이유가 들어 있음이 분명했다.
그리고 그 이유를 알아내기 쉽지 않을 것이라는 것도 분명했다.
'정말…….'
어디까지 사람을 몰아 붙여야 속이 시원한 걸까. 이놈의 하늘은, 빌어먹을 운명의 신께서는 말이다.
인생이, 자신이 원했던 대로 흘러간 적이 한 번이라도 있었던가? 불식간에 든 생각에 무린은 피식 웃음을 흘렸다.
생각하기도 싫고.
'이젠…….'
바라지도 않았다.
부탁이니까 그냥 놓아주기를 원할 뿐이다.
"생각이 나지 않는 건 접지. 후우……."
무린은 자신에 대한 건 일단 접어뒀다.
어차피 금방 알아낼 수 없는 거라면, 거기에 골머리를 썩이는 건 비효율 적인 일이라 판단했기 때문이었다.

하지만 그걸 그 이유를 알아내는 걸 포기했다고 문제가 전부 끝난 건 아니었다.

"문영은?"

정말 이것만큼은 정말 알고 싶었다. 실제 남경까지 목숨을 걸고 달려온 것도 비천대와의 재회도 재회지만, 단문영의 생사를 반드시 알아내기 위해서가 아니었던가.

무린이 문영의 말을 꺼내자.

"……."

"……."

너무나 익숙하고, 너무나 짜증스러운 침묵이 깔리기 시작했다.

꿈틀, 무린이 이런 감정이 섞인 침묵을 모를 리가 없었다. 지겹고 또 지겹게 겪어본 게 바로 무린이었다.

북방에서, 그리고 중원으로 돌아오고 나서도 전투가 끝날 때마다 느꼈던 것.

사자에 대한… 애도.

설마 모를까? 천하의 무린이 말이다.

"그렇군."

그랬다.

아니기를 바랐지만… 역시 이번에도 무린의 바람은 이루어지지 못했다.

'아니, 처음부터 들어줄 생각도 없었겠지. 후후, 후후

후…….'

죽었다.

단문영은.

그녀의 죽음은, 이제 기정사실이 되었다.

그러나 무린은 마지막, 정말 마지막으로… 한 번 더 물었다.

"시신은?"

묻지 않았기를.

비천대가 찾지 못했기를.

원하고 던진 질문.

대답은 금방 나오지 않았다. 대답하기 힘든 기색. 안다. 무린과… 단문영의 관계를 비천대 모두가 너무 잘 안다.

그래서 힘든 것이다.

잔인한 대답을 하기 힘든 것이다.

결국 다시 묻게 되는 무린이다. 이 침묵에서, 대답하기 꺼려하는 이 분위기를 느끼면서 이미 답을 알아버렸지만… 그럼에도 다시 물어야 했다. 끝까지 확인해 줘야 한다.

"확인했냐고 물었다……."

뿌득.

참고 참았지만, 이가 결국 갈리면서 청각을 자극하는 소음이 흘러나왔다. 천하의 무린이… 힘들어 하는 모습.

그에 결국 답하는 이가 있었다.

"양지바른 곳에 잘 묻었습니다. 비천대의… 예우를 갖춰."

무혜의 대답이었다.

모진 진실을 친동생이 친히 친오라비의 심장에 콱 처박아 버렸다. 너무 안타깝고 잔인한 일이었다.

그리고 역시… 이번에도 들어주지 않는다.

참으로… 모질었다.

"……."

큭!

무린의 입매에 참고 참은, 비릿한 미소가 걸렸다. 전혀 무린답지 않은 미소였다. 그 누구를 진심으로 조롱해 본적이 몇 번 안 되는 무린이라, 이런 미소는 어색했다. 하지만 이번만큼은 예외였다.

정말 적나라한 조롱이었다.

참기 힘들어서, 그 누군가에게 보내는 조롱과 분노, 살의가 모조리 뒤섞인, 그런 미소였다.

기잉!

위험성을 감지한 비천신기가 돌았다. 삼륜공 중, 정신을 방어하는 이륜공을 바탕으로 돈 비천신기가 강제로 무린의 머릿속을 정화시켜 나갔다.

'후후. 비뚤어지는 것조차 허락하지 않는가. 그저, 앞만 보고 달려야 하는… 그렇게 정해진 운명인가? 그렇다면 너무 잔인하지 않나. 내 인생은… 내 인생일진데.'

생각과는 다른 말이 무린의 입에서 흘러나왔다.

"그래, 그렇군."

잘했다.

음의 고저 없이 흘러나온 말이었다.

정말 고저가 없었다. 첫 단어부터 끝 단어까지 같은 음역대에서 이루어져 있었다. 그래서 감정이 섞여 있지 않구나. 이렇게 느낄 수밖에 없는 말이었다.

"대……."

장팔이 입을 열려 했다.

슥, 그러나 무린의 들어 올린 팔로 인해 멈춰질 수밖에 없었다. 솔직히 말해, 사실 이미 진실은 단문영과 연결된 혼심을 통해 그때 확인했다. 혼심은 거짓을 전달할 수가 없었다.

그녀가 보는 것, 느끼는 것.

그걸 전부 그대로, 숨김없이 보여주니까.

반대로 무린도 마찬가지다. 그녀가 연결을 하는 순간 무린이 보는 것, 무린이 생각하는 것, 심리 상태까지 전부 고스란히 흘러간다.

그러니 애초에 그게 거짓이 될 리가, 마녀의 실수가 될 수가 없었다.

'문영은 느꼈지. 자신의… 심장이 뚫리는 순간을…….'

그녀는 무인이 아니기도 하고 무인이기도 하다.

아니, 어느 한쪽으로 제대로 분류하라고 한다면 무인의 부류에 들어간다. 하, 중단전에 내력을 쌓지는 않았지만 그녀는 상단을 극한으로 개방했으니까. 그래서 불가해라 불리는 혼심공, 다른 말로 비익공을 연성했으니까.

그러니 무인이다.

상단의 매우 정확한 감으로… 그녀는 심장이 뚫리는 순간을 인지했다. 뚫리기 직전에 시각이 있어 공포까지 느꼈다.

마녀는 단문영이 숨을 단숨에, 그 순간 저승으로 보내 버리지 않았다. 그저 심장을 푹, 죽어갈 시간을 아주 조금이지만 주었다. 그 짧디짧은 시각에 흘러들어온 모든 것들은… 진실이었던 것이다.

'아아… 그런가. 인정하기 싫었구나.'

착각이라고 한다.

스스로, 자신의 마음을 유리한 쪽으로 끌고 간 것이다. 자기 방어. 그건 행동으로도 나오고, 생각까지 끌고 가는 성향이 있다는 걸 무린은 몰랐던 것이다. 아니, 알았는데… 그 순간이 너무 힘들어, 너무 괴로워 인지하지 못했던 것이다.

그렇게 거짓에 짧지만 기대어… 버텼던 것이다. 물론, 그렇게 하지 않았다고 하더라도 무린은 이겨냈을 것이다.

왜?

비천무제.

비천신기.

이 두 가지가 모든 것을 설명해 준다.

무린의 마음은 애초에 꺾일 수가 없었다. 누구 하나의… 죽음으로는 말이다. 하지만 그 순간이 너무 힘들었던 것, 괴로웠던 것이 변수였다. 그래서 자기방어기제가 발동, 무린을 지키려 한 것이다.

헛된 거짓으로 점철된, 달콤한 환상으로.

즉, 천하의 무린이 이런 선택을 무의식적으로 했을 정도로 단문영의 죽음은 받아들이기 힘들었던 것이다.

알게 모르게…….

'그렇게 가득 들어와 있었나……. 문영?'

때아닌 상념.

아니, 당연한 수순처럼 따라야 하는 상념이 드는 무린이었다. 그걸 아는지, 비천대 그 누구도 무린의 상념을 깰 생각을 하지 않았다.

사선을 함께한 전우의 죽음 때와는 다르다.

피를 나눈 가족의 죽음 때와도 다르다.

사랑하는 이의 죽음은.

전혀 다른 종류의 슬픔으로 다가온다.

설명할 수 없는.

겪어본 적이 없는.

촤아악.

빛줄기 하나가 뇌리를 스쳐 갔다.

그건 예리한 기억의 단면이었다.

탁한 색이 섞인 강철 가면.

군데군데 이가 나간 검.

저주받아 벗을 수 없던 갑옷.

검처녀.

별안간 떠올랐다가, 신기루처럼 사라졌다.

'아니야.'

무린은 고개를 저었다.

문영은 그녀가 아니었다.

온전히… 이곳에서의 인연이다. 게다가 무린은 이곳에서의 무린이다. 그렇다는 건 즉, 처음 느껴보는 것.

'진정이 안 되는군…….'

심장이, 뇌가 마구 날뛰는 걸 비천신기가 잡고 있었다. 만약 비천신기가 없었다면? 무린의 두 눈에서 눈물이 뚝뚝 떨어졌을 수도 있고, 혹은 손으로 입을 막고 오열했을 수도 있었다. 상황을 맞이한 직후 바로 견딜 수 있는 종류의 슬픔이, 괴로움이 아니니까… 반드시 그랬을 것이다.

별안간 단문영이 마지막으로 했던 말이 떠올랐다.

아, 아무… 것도. 미, 안…….

숨이 끊어지는 순간에 내놓은 말.

아무것도 못해줘서 미안하다던 그 말이 떠올랐다.

생각해 보니 웃기다.

진심으로.

그녀는 잘못이 없었다. 그 어떤 잘못도 없었다. 가문을 배신하고 친오라비의 원수인 자신을 도왔다.

미안해도 무린이 미안해야 했다. 그런데 웃기게도 단문영은 아무런 도움을 못 해줘서 미안하다고 사과했다.

마지막 그 순간에도.

사랑하는 사람, 가슴에 품은 사람을 위해 모든 것을 내던졌던 여인은 그렇게 가는 순간에도 정인에게 미안해하고, 그리워했다.

그래서…….

다, 다음… 새, 생에…….

다음 생에 꼭 다시 보자고, 그 말을 마지막으로 남기고 갔다. 구멍 난 가슴, 심장에서 빠져나가는 생기 때문에 숨을 헐떡이면서도 겨우겨우 그 말을 마지막으로 남기고 갔다.

'나는 뭐라고 했더라.'

그러자고 했던가?

아마, 그랬겠지.

그리고 그렇게 될 것이다.

'우리는… 윤회의 고리 안에 강제로 뒤섞여 들어가 있으니까.'

언제고, 언제고 분명…….

다시 만나게 될 것이다.

이곳이든.

아니면 또 다른 세계에서이든.

분명.

'그러니… 그만 생각한다. 문영, 서운하게 생각하지 마. 너에게 내가 느끼는 감사한 마음, 미안한 마음. 네 말처럼 다음 생에 만나 전부 갚으마.'

다음 생에 전부 갚을 테니까, 진짜 전부 갚을 테니까……. 이제는 다시 현실에 집중하겠다는 마음을 먹은 무린이다. 연인을 떠나보내는 것, 너무 빠르다 싶지만… 어쩔 수 없었다. 무린에게는 추모, 애도, 함께했던 순간을 기억하는 시각조차 주어지지 않았으니까.

지금 현실은… 일촉즉발이다.

이미 전쟁이 터지긴 했지만 진짜 거대한 것이 터지기 일보 직전인 것이다. 그 중심에 있는 무린이다. 그런 자신을 잘 알고 있으니, 이제 문영을 생각할 시간조차 없어지게 된다는 것도 알고 있다.

그래서 미안하다고 사과하는 것이다.

앞으로 생각해 줄 수도 없으니까.

"후우……."

깊은 한숨과 함께 무린은 눈을 떴다.

마음을 단단히 먹었다. 그래서 전처럼 굳건한 눈동자였다. 그런 눈동자로 모두를 한 번씩 훑어보는 무린.

전부가 자신을 바라보고 있었다.

걱정하는 눈초리로.

그러나 무린의 눈동자가 밝다는 것을 보고는 잠시 화색을 짓더니, 이내 본인들도 마음을 다잡기 시작했다.

후웅…….

열기 가득한 훈풍이 공간을 쓸고 지나갔다. 무린이 비천신기를 돌려 자신의 건재함을 알린 것이다.

그에 비천대 전체가 미약하지만 입가에 미소를 그렸다. 자신들의 구심점인 무린이다. 받아들이기 힘든 일을, 가슴이 미어지고도 남을 일을 겪고도 강인함을 잃지 않는다. 달라도 확실히 다른 무린. 그런 무린이 자신들의 대주라는 사실이 너무 든든했던 것이다.

"군사."

"예, 대주."

무린의 부름에 무혜가 바로 대답했다.

굳건한 눈동자. 무린을 정말 비슷해 강직하기까지 한 눈동자였다. 무린이 힘을 내니, 무혜도 힘을 내고 있었다.

그녀 본인도, 상당히 힘들 터인데도.

"앞으로의 계획은?"

"일단 광검의 여동생과 검문의 조우를 돕고, 그대로 기수를 돌려 하남 석가장으로 돌아가는 걸로 계획을 잡았습니다."

질문을 하자마자 바로 답이 돌아왔다.

이건 곧 이미 충분히 생각해 뒀다는 뜻이다. 그리고 이유도 충분히 있을 것이고, 무린은 그 이유까지 듣기로 했다.

"이유는?"

"마녀는 대주를 이곳 바다 쪽으로 계속 몰아넣었습니다. 그렇다면 해안가, 혹은 바다에 원하는 바가 있다고 생각해도 충분합니다."

"그래서 바다와 멀어진다."

"예."

"음……."

일리가 있었다.

단문영의 생전, 그녀를 통해 무혜와 나눴던 대화이기도 했다. 그리고 무린도 그렇게 유추했다. 마녀가 원하는 건, 중원 땅 위가 아닌 바다에 있는 게 아닌가 하고.

무린의 생각도 그러니, 무혜가 내린 결정에 따르는 게 옳았다.

하지만 봐라.

왜 생각하지 않지?

본인의 삶이, 운명의 신이 점지해 준 방향이, 결코 자신의 뜻과는 반대된다는 것을.

콰앙……!

순간적으로 터진 거대한 폭음에, 무린의 신형은 이미 밖으로 튕겨져 나가고 있었다. 이 또한, 무린의 예상외였다.

第二百七章 군사납치(軍師拉致)

'기척이……!'

없었다.

초감각은 언제고 열려 있었다. 이제는 익숙해져 무리하게 영역을 넓히지만 않으면 유지에 큰 문제도 없었다. 그래서 항시 열려 있는 게 초감각이었다. 그런데 지금의 폭음은 어떠한 징조도 없이 터졌다.

초감각의 영역에서 분명 벌어진 폭음인데도 말이다. 찰나간에 무린은 그 이유도 깨달았다. 초감각을 속일 수 있는 자의 짓이다.

"컥, 크윽……."

문에 가장 먼저 도착한 무린에게 들린 것은 격한 기침 소리였다. 그리고 뒤이어 혈향이 느껴졌다.

그리고… 존재감이 세 번째로 느껴졌다.

우뚝.

"어째서……."

당신이 여기에 있나.

마녀……!

쩌렁!

비천신기가 가득 담긴 무린의 외침이 지하를 가득 울렸다. 지하로 연결되는 입구를 통해 들어오는 빛을 등지고 서 있는 여인.

중원에서는 절대로 볼 수 없는, 쇄골과 가슴 골, 그리고 희다 못해 투명하다 싶은 팔이 전부 드러난 의복.

빛을 받아 찬란하게 빛나는 풍성한 금발.

손에 든… 언월도.

마녀였다.

"무제가 명성에 안 맞게 쥐새끼처럼 지하에 숨어 있었구나."

"……."

으득!

그 조롱에 무린은 답할 수가 없었다. 창피해서가 아닌, 끓어오르는 분노, 살의에 순간적으로 말문이 막힌 것이다. 무린조차 스스로 이렇게 화가 났던 적이 있었나 싶을 정도의 거대한 살의.

기잉, 기이잉……!

그아아앙!

비천신기가 회전을 시작하고, 순식간에 정점에 달했다.

후우웅……!

어두운 계단에 서 있는 무린을 중심으로 찌릿하다 못해 살결을 아릴 정도의 기파가 터지기 시작했다.

그그그극!

얼마나 거대한 기파였는지, 지하 계단 자체가 마구 울기 시작했다. 무형이 아닌, 유형화까지 된 기파였다. 실제로 사람을 죽일 수 있을 정도란 소리다.

하지만 마녀는 고요했다.

윽, 뒤, 뒤로! 몇 사람을 뺀 비천대조차 밀려 내려갈 정도의 기파였는데도 말이다. 무린의 기파가 마녀에게 준 영향은 딱 하나.

열기에 흩날리는 의복과 머리카락이 전부였다.

기실 이 정도면 영향을 줬다고도 못 할 정도였다.

"무너지겠어. 자살이라도 할 작정인가, 요한?"

"……."

나른하게 날아드는 소리에 무린은 대답하지 않았다. 이번엔 의도적으로 하지 않은 대답이었다. 하지만 무린은 터트리고 있는 기파를 절대 낮추지 않았다.

긴장의 끈을 놓치는 순간, 어떤 일이 벌어질지… 잘 아는 무린이었다.

"이제야 조금 보이는 군. 무서운 눈동자……. 후후. 그래, 그 잡아먹을 것 같은 눈동자가 요한, 당신다운 눈빛이지. 후후후."

"개소리 그만하지……. 난 진무린이다."

"이런, 설마… 아직도 부정하는 거야? 실망인데, 요한."

"요한은 이곳에서의 내가 아니다. 나는 진무린이다."

"후후, 후후후……."

무린의 답에 마녀가 웃었다.

그 나른한 웃음에 등골에 소름이 쫙 내달렸고, 순식간에 축축하게 젖어가기 시작했다. 마녀의 웃음은 그걸로 그치지 않고 웅웅, 진동을 만들어냈다.

두 사람이 마주보고 있는 공간이 마녀의 웃음 속에 섞인 기파, 무린이 뿜어내는 기파와 맞물려 무너질 것처럼 위태롭게 진동했다.

파사삭!

심지어 돌조각까지.

그러다 갑자기 진동이 우뚝 멈췄다.

"뭐, 상관없겠지……."

나른한 미소는 여전하지만 입꼬리가 슬며시 말려 올라갔다. 마녀답지 않은 적나라한 감정 발현이다.

그에.

뎅……!

머릿속에 경종이 쳤다.

위험하다는 보고, 당장 대비하라는 신호.

꿀꺽, 고인 침이 긴장에 저절로 목울대를 넘어가는 순간 마녀의 입이 다시 열렸다.

"때가 되었어, 요한."

때……?

슥.

그 순간 마녀의 모습이 사라졌다.

"……."

무린은 움직이지 못했다. 시각에서 사라졌지만, 뇌가 그 정보를 바로 이해하지 못한 것이다.

그래서 눈을 몇 번 끔뻑여 자신이 받아들이고 있는 시각 정보가 확실한가를 따져보던 무린은… 그 순간 다시 왔던 길로 사라졌다.

그리고 계단을 다 내려가 지하 공동에 도착했을 때 마녀를 다시 볼 수 있었다. 한 손에… 동생의 목줄을 쥐고 있는 마녀를.

무린이 공동을 보고 있을 때까지도 비천대는 거의 전부가 움직이지 못했다.

아니, 인식 자체를 못 한 것이다.

마녀가 사라진 것도, 그에 준할 만큼의 속도로 다시 되돌아온 무린의 모습도. 그저 멍한 표정으로 천천히 다시 뒤돌아볼 뿐이었다. 한 박자가 늦은 게 아니라, 몇 박자는 늦은 모습을 보여주는 비천대였다. 그나마 백면과 남궁유청만이 한 박자 정도 늦었을 뿐이었다.

상황은… 더럽게 급박하게 흘러가고 있었다.

"조금 앞당겨졌어."

"……."

동생의 목줄이 잡혀 있다.

무혜는 이미 기절했는지 미동도 없었다. 그런데, 마녀가 비천대 가장 뒤에 있던 무혜에게 도달하기까지… 아무도 인지하지 못했다.

정말 아무도.

이건 '격차가 크다' 정도로 설명할 수도 없었다.

그냥… 안 되는 거였다.

"그래서 그다지 좋아하지는 않지만 이런 방법을 택할 수밖에 없네, 요한."

"놔줘……."

"아니, 안 돼. 내가 놔주면 당신은 조금 극단적 선택을 할 것 같아서 말이야."

"안 할 테니까… 놔줘."

또 잃을 수는 없었다.

이미 단문영을 보냈다.

그런데 무혜까지 보내라고……?

죽으면 죽었지, 죽어도 그렇게는 못 두겠는 무린이었다.

"후후, 그 말을 내가 믿을 거라 생각하는 건 아니지. 요한? 당신은 그런 존재 아니잖아. 왜 이래? 그렇게 이 여자가 소중한가? 원래의 당신 가족도 아닌데?"

"아니, 내 가족이다. 나와 피로 맺어진 가족이다……."

심장이 울렁거리고, 머리가 어질했다.

무혜가 잡혔다는 사실이 무린에게 끼치기 시작한 영향이었다.

"후후, 요한의… 약한 모습을 다 보네. 정말 '오래' '살고' 볼 일이야… 후후, 후후후. 하하하하!"

마녀가 웃었다.

쩌렁쩌렁, 어찌나 크게 웃는지 지하공동이 마구 흔들렸다. 그냥 웃음이 아닌 마녀의 기파가 고스란히 담겨 있는 웃음이라, 그 울림만으로도 지하 공동을 뒤흔들고 있었다. 웃음이 나오냐고 욕을 할 수도 있는 상황이 분명했지만… 무린은 그 말을 할 수 없었다.

왜? 웃음 속에 들어 있는 그 공허함…….

텅 빈.

감정 자체가 말소된 사람의 웃음처럼 들렸다. 진심으로 그렇게 들려 버려서, 할 수 없었다. 특히, '오래 살고 볼 일이야' 이 대목은…….

무린밖에 느낄 수 없었다.

아니, 정확하게는 무린만 느낄 수 있던 것이다.

왜?

이 거지 같은… 윤회의 고리에 중심에 서 있는 인물이니까. 하지만 그래도 그게 마녀를 이해할 동정심 생성의 촉매가 될 순 없었다.

마녀의 웃음도 뚝 끊겼다.

"근원도(根源島)에서 기다릴게, 요한."

"무슨……?"

무린은 말을 끝낼 수 없었다.

마녀는 이미 사라지고 없었기 때문이었다.

아…….

이해할 수가 없다.

이해하기도 싫다.

대체 어떻게 이런 일이 이렇게 연속해서 일어날 수가 있지?

나란 사람 개인에게, 이렇게 가혹한 일이 연속으로 일어날 확률이 정말 얼마나 되지?

"하……."

하하.

웃음조차 나오지 않을 정도로 기가 막히고, 허탈했다. 정신이 멍해졌다. 비천신기가 계속 돌고 있는 와중이니 절대로 그럴 리가 없었어야 하는데, 진짜로 정신이 멍해졌다. 시야가 쭉 멀어졌다고 돌아오길 반복하고 있었다.

눈앞에서… 무혜가 납치당했다.

그것도 손 한 번 어떻게 써보지도 못하고.

상대가 마녀여서?

물론 그런 이유도 있다.

하지만 그것보다 근본적인 문제는…….

'손을 써볼 마음조차…….'

일어나지 않았다는 것.

그건 곧 무린의 본능이 마녀에게 짓눌리고 있다는 걸로밖에 설명할 수가 없었다. 탈각을 이루어도 소용이 없던 것이다. 각성을 하고 나서도 마녀에 발치에도 도달할 수 없던 것이다.

분노해서 기파는 퍼트렸지만.

그것뿐이었다.

마녀에게 할 수 있던 게…….

정말.

고작 그것뿐.

"대, 대주……."

뒤에서 장팔의 부름이 들렸다.

들리기는 했지만, 무린은 그 물음에 대답할 수 없었다. 지독한 공허함이 머릿속을, 가슴속을 채우고 있었기 때문이다. 그동안 왜 노력했나? 죽자 살자 아등바등… 그 모든 게 소용없는 일이었다.

마녀에게 상대가 안 된다는 사실은 이미 알고 있었다. 그러나 그걸 다시 한 번 극한으로 깨닫자, 무력감이 파도처럼 밀려온 것이다.

그 무력감은 무린의 온몸을 순식간에 채우고, 잠식했다.

의식이 흔들렸다.

기잉!

기이잉……!

비천신기가 날아가는 의식을 잡으려 악을 썼지만, 이번만큼은 막지 못했다. 어둠이 날아와 무린에게 살포시 안겼다.

*　　*　　*

"백 부대주……."

"……."

비천대에 비상이 걸렸다.

단 한 번도 약한 모습을 보인 적이 없었던 무린이다. 무력이 부족해 처절하게 싸운 적은 있어도, 이렇게 정신을 불시에 놓은 적은 정말 단 한 번도 없는 무린이었다. 그런데 지금, 그런 강인한 정신력의 소유자인 무린이 기절했다.

이유야 충분히 예상이 가능했다.

눈앞에서 군사가 납치됐으니까.

하지만 그게 무린이 기절한 이유가 아닐 거라는 것을 비천대는 알았다. 그 정도로 무린은 약하지 않은 걸 아니까.

백면은 생각해 봤다.

무린을 기절시킨 원인이 뭘까.

"괜찮아요. 호흡은 일정해요. 어디 탈이 난 곳도 없고요.

침이나 약재를 쓸 필요도 없이 알아서 금방 정신을 차리실 거예요."

차분한 여인의 목소리가 들렸다.

정심이었다.

무린이 쓰러지고 가장 먼저 정신을 차린 사람이 정심이었다. 환자가 생겼다는 것에 가장 먼저 반응한 것이다.

그녀는 바로 무린을 바로 누이고 맥을 짚었다. 천천히, 아주 꼼꼼하게. 그녀가 아는 지식을 모조리 동원해서 혹시라도 또 이상한 뭔가에 무린이 당한 건 아닌가를 진맥했다. 그래서 시간이 상당히 걸린 것이다.

그녀의 말이 끝나기 무섭게, 대주! 하는 소리가 들렸다. 무린이 깨어난 것이다. 아주 찰나 간 의식을 잃은 것뿐이었는지, 상체를 세운 무린의 모습은 별다른 이상이 없어 보였다.

눈을 몇 차례 끔뻑이고는, 상황을 전부 이해했는지 바로 일어서는 무린.

"출진한다."

"진 형."

"출진이다, 백면."

"기다려 보시오. 근원도가 어딘지는 아오?"

"가면서 찾는다. 섬이니까 일단 해안가로 가야겠지."

"막무가내로 움직이다간 또 포위당할지도 모르오."

"……."

백면의 말에, 무린의 시선이 백면에게 향했다. 서늘하다? 아니, 섬뜩하다. 대놓고 섞여 있는 살의가, 살심이 너무나 충만한 눈빛이었다. 이성이 흐트러진 모습. 이런 무린은 처음 보는 백면과 비천대였다.

물론 이해할 수 있었다.

군사, 자신의 친동생이 납치당했다. 바로 눈앞에서. 멀쩡한 게 오히려 더 웃긴 일이다. 하지만 이해한다고 지금 무린의 행동을 받아들일 수 있는 건 아니었다.

위험한 행동이다.

백면이 머리는 크게 좋지 않아도 지금이 얼마나 위급한 상황인지는 안다. 지금은 절대 막 움직여서는 안 될 순간이라는 것도 알고 있었다.

근원도?

처음 듣는 이름이다.

그렇다면 분명 헤매게 될 것이다.

그때가 위험하다.

근원도로 오라고 했으니 마녀가 길을 열어주었을까? 장담할 수 없는 상황이었다. 마녀는 사라지면서 편히 올 수 있을 거라는 말은 일절 하지 않았으니까. 즉, 뚫고 가야 한다는 가능성이 높다는 소리다.

물론, 그 반대의 가능성도 있다. 근원도로 오라고 해놓고 무린에게 굳이 해를 입힐 가능성도 상당히 낮았다. 하지만 지금은 어느 하나도 고를 수가 없었다.

전자와 후자, 가능성은 분명하게 있었으니까.
백면은 전자에 의견을 좀 더 두고 있었다.
"진 형, 진정하시오."
"백면, 난 충분히 진정했다. 의식이 한 번 날아갔더니 머릿속이 깨끗해졌어."
"하지만 깨끗한 것치고는 지금 진 형 조금 성급한 것 같소만."
피식.
성급?
그럴 수밖에.
무혜가 납치당했는데.
무린의 웃음은 위험했다. 확실히 무혜가 납치당하고 나서 무린의 분위기가 변했다. 굳건하던 무제의 기도에 예리하고 비릿한 살심이 섞여 있었다.
"따르지 않는다면 혼자 가겠다."
"진 형!"
"백면. 관평이 떠났다."
"……."
관평 얘기를 갑자기 왜?
백면이 침묵하자, 무린의 눈동자가 점차 은은한 청광을 머금기 시작했다. 말도 계속해서 이어졌다.
"문영도 얼마 전 내 곁을 떠났다. 그동안 비천대도 절반을 잃었지."

"……."

"그리고 이제는… 내 동생, 무혜마저 떠나려고 한다. 지금 이 상황에 나더러 참으라는 건가?"

"……."

"말해 봐라, 백면. 내가 여기서 더 참아야 하나? 미안하지만 그렇게는 못 하겠다. 내 행동이 이 세상을 파멸시킬지라도… 난 무혜를 구하러 가야겠다."

"……."

무린의 말을, 박력을, 백면은 참아내려 입술을 씹었다. 살짝 터진 입술에서 느껴지는 혈향이 백면의 성향을 깨웠다.

그는… 패도다.

"동감하오. 하지만 혼자 갈 생각은 마시오."

"따르지 않겠다면, 이곳에서 흩어진다. 내가 아무리 대주라 하더라도 내 결정에 전체를 위험에 빠지게 할 순 없겠지."

"후후. 그건 어차피 상관없소. 하지만 내 하나 제의하리다. 최소한 근원도가 어디인지는 알고 출발합시다. 그래야 최단시간 안에 찾아갈 수 있지 않겠소."

"……."

무린의 눈동자가 백면의 눈동자에 정확하게 박혔다. 탐색의 눈빛이다. 지금 무린은 진정한 상태지만, 그래도 무혜를 구하러 가는 것에 정신이 거의 쏠려 있다고 봐야 했다. 그러니 자신을 막을 생각으로 꺼낸 말은 아닌지, 그 진위 여부를 확인하는 것이다.

처음으로 무린이 백면을 의심하는 순간이었다.

피식.

나직한 웃음소리 뒤 백면이 다시 입을 열었다.

"나 백면이오. 전장을 찾아 기어들어온. 내가 도망칠 거라 생각하오? 진 형이 버리고 간데도 쫓아갈 작정이니 걱정 마시오. 후후."

그랬다.

백면이다.

힘. 그 자체를 숭상하는 배화교의 무인, 그 안에서도 수위에 드는 백면검대의 대주가 바로 백면이었다.

그가 죽는 걸 무서워 할 이유가 전혀 없었다. 백면이 돌아서서 비천대 전체를 보며 물었다.

"근원도란 이름, 들어본 적 있나?"

"……."

"……."

물어봤지만, 역시 아무도 대답하지 않았다. 섬 이름 치고는 독특해 한 번 들으면 잊기도 쉽지 않은 이름이다. 대답이 없는 걸로 보아 아마 들어본 적 자체가 없는 것 같았다. 이러니 문제인 것이다.

아무도 모르니 이리저리 찾아야 한다는 것. 그것 자체가 시간을 지체하고, 적의 추적을 받기 용이하게 상황이 흘러갈 것이다. 백면이 막고 싶은 부분은 바로 그 부분이다.

"일단 장소를 옮기지. 이곳은 발각됐으니."

"그러겠소. 두 번째 장소로 가시오. 애들 보내고 마지막에 따라가겠소."

"그래. 연경, 김연호."

"네!"

무린의 부름에 두 사람이 대답했다.

"시전에서 정보 좀 얻어 와라. 천하가 시끄러우니 아마 얻기도 쉬울 것이다."

"네!"

두 사람의 대답을 들은 무린은 바로 몸을 날렸다.

第二百八章
근원도(根源島)

두 번째 장소는 남경을 벗어나 십 리 길을 남하했을 때 나오는 산의 중턱이었다. 사방이 훤히 트여 있어 적의 접근을 발견하기 용이해 군사가 직접 지목한 장소였다. 남궁유청과 가장 먼저 도착한 무린은 말에서 내려 가까이 보이는 바위에 털썩 주저앉았다.

"미안하네."

남궁유청이 무린의 옆에 앉으며 사과를 건네 왔다. 힘없는 목소리였다. 남궁유청이 사과하는 이유, 무린은 알고 있었다. 군사를 지키지 못해 나온 사과였다.

"아닙니다."

하지만 무린은 담담한 목소리로 고개를 저으며 대답했다.

이곳까지 오면서 무린은 많이 냉정해졌다.

역시 무제, 현재 가장 중요한 게 이성을 제대로 지키는 거란 걸 알고 있던 것이다. 그것도 그냥저냥 중요한 것도 아니고, 굉장히 중요하다는 점으로 인지를 끝냈다. 그러니 이성은 멀쩡했다.

속은 이미 한 차례 뒤집어졌지만 필사적으로 정신을 차리려 노력하고 있는 무린이었다.

"변명이겠지만… 눈에 담지도, 감으로 느끼지도 못했네."

"당연한 일입니다. …저도 마찬가집니다."

무린도 못 봤다.

마녀가 사라지고, 무혜를 기절시키고 목을 쥐는 그 순간까지도 무린은 인지하지 못했다. 정보를 뇌가 인지하기도 전에 마녀는 무혜를 제압까지 끝낸 것이다. 무린마저 그럴진데, 남궁유청이라고 다를 게 있을 리가 없었다.

이제는 유검보다는 예검이 더 어울릴 정도로 변했지만, 탈각을 이루고 인외의 경지라 하는 곳에 도착했지만, 그래도 무린보다는 아래였다. 왜? 갓 들어섰으니까. 백면보다야 앞서 있지만 그래봐야 오십 보 백 보였다.

군사의 납치는, 무혜의 납치는 누구도 탓할 수 없었다.

"혜아는 살아 있을 것이네."

혜아.

남궁유청은 무혜, 무월을 딸처럼 생각했다. 실제 마도대전에서 전사한 남궁유청의 딸도 둘의 나이와 비슷했다. 강호를 유람하다 늘그막에 자식을 봤으니까. 그래서 남궁유청은 항상 전장을 함께하는 무혜의 옆에 붙어 있었다. 전투보다는, 무혜의 경호에 더욱더 많은 신경을 썼다. 이번에도 마찬가지다.

마녀가 왔을 때, 남궁유청은 무혜의 바로 옆에 있었다. 그래서 지금 죄책감을 느끼는 것이다.

"살아 있을 겁니다. 마녀의 목적은 군사가 아닌, 저이니 말입니다."

남궁유청의 말에는 무린도 동의했다. 그나마 지금 무린이 이성을 유지할 수 있는 이유였다.

마녀는 무린을 근원도인가 뭔가 하는 섬으로 제 발로 오게 만들기 위해 무혜를 납치했다. 사람을 조종하기 가장 쉬운 방법 중 하나가 바로 납치다. 이는 아주 오래전부터 내려온… 작전이다.

요인 납치, 무린도 북방에 있을 때 몇 차례 해본 적이 있었다. 그러니 안다. 납치라는 비열한 행동이 가져오는 파급력을.

지금 마녀는 무린을 속박한 것이나 다름없었다.

"하지만 왜 저를 직접 납치하지 않고 무혜를 납치했는지는 모르겠습니다. 마녀라면 충분히 저를 제압하고도 남았을 텐데요."

물론 이해 안 가는 부분도 있었다.

시기가 왔다고 했다.

그래서 앞당겨야 한다고 했다.

그럼 차라리 무린을 납치했어야 함이 옳다. 그런데 그렇게 하지 않았다. 무린이 아닌 무혜를 납치했다.

이게 무린은 이해가 가질 않았다.

굳이… 돌아가려 했으니까.

속속들이 비천대가 도착하고 있었다. 그들을 힐끔 본 남궁유청이 무린의 말을 받았다.

"이유는 있을 거네. 가령… 자네가 다치면 안 된다거나."

"마녀는 제게 상처를 입히지 않고도 저를 납치할 여력이 충분히 있습니다. 아니, 차다 못해 넘칩니다."

"그렇겠지……. 후우, 그렇다면 이건 어떤가. 혜아의 목을 쥐고 자네를 꼭두각시처럼 흔들기 위해서."

"……."

그래, 그럴 수도 있겠다.

역시 연륜은 무시할 수가 없었다. 납치라는 것이 주는 장점을 생각해 보면 쉽게 설명이 가능한 부분이었다. 납치는 어떤 상황에 벌어질까?

극단적인 상황일 때가 대부분이다.

힘으로, 말로 상대가 말을 들어 처먹지 않을 때 그의 주변에서 가장 중요한 인물을 납치한다. 혹은 그 본인을 납치하든가.

"마녀는 무혜의 목숨을 담보로 제게 자신이 원하는 어떤 행동을 시키겠군요."

"그럴 걸세."
"……."
후우…….
그렇다면 무혜가 잡혀간 이유가 설명이 된다. 아니, 이게 아마도 맞을 것이다. 마녀가 원하는 일에, 무린은 반드시 필요하니까.
"쉽지 않은 상황일세. 이럴 때일수록 자네가 마음을 단단히 먹어야 하네."
"알고 있습니다."
알고 있다.
그런 것쯤이야…….
하지만 안다고, 그게 말처럼 쉽게 되는 게 아니었다. 지금 무린의 속은? 겨우겨우 이성을 유지하는 정도였다. 만약 비천신기가 없었다면, 삼륜공이 없었다면 벌써 무너졌을 것이다.
엉엉 울고 있었을지도 몰랐다.
"내 목숨을 걸어서라도 자네를 돕겠네."
"감사… 합니다."
진심이 가득 담긴 말에, 무린도 진심을 담아 감사함을 전했다. 두 사람의 대화는 그걸로 끝났다. 반 시진 정도 기다리자 김연호와 연경이 백면과 함께 왔다. 두 사람이 걱정됐는지 백면이 함께 갔다 온 모양이었다.
"출발하지."

이곳은 만약의 때에 대비한 일시적인 집합 장소. 아직 안전하지 않기 때문에 무린은 바로 말에 올랐다. 벗어날 생각이었다. 지금 당장 백면이 알아온 정보 중에 근원도가 있는지를 묻고 싶지만, 서두른다고 될 일이 아니라는 걸 잘 알았다.

비천대는 다시 하나가 되었다.

운삼이 마련한 거처로 찾아오겠다고 한 미오가 불쑥 떠올랐지만, 금세 사라졌다. 지금은 그녀를 신경 쓸 여유가 없었다.

달리는 와중에 마군은 그림자도 찾을 수 없었다. 마치 하늘로 솟은 것처럼 아예 기척조차 느낄 수 없었다.

그게 무린의 신경을 자극했지만, 일단 제쳐 뒀다. 당장 중요한 것도 아니기 때문이었다. 모든 것은 무혜의 구출에 초점을 맞췄다. 그것보다 더 중요한 건 이 세상에 아무것도 없었다.

비천대의 질주는 해가 떨어지고 나서야 멈췄다.

냇가를 낀 크지 않은 숲에 숙영지를 만든 비천대, 식사를 끝내고 무린은 바로 조장들을 소집했다.

"백면, 근원도는 알아냈나?"

당연히 근원도의 정보부터 물었다. 오면서도 궁금해서 미칠 지경이었기 때문에 지금도 정말 많이 참은 것이다.

"못 알아냈소."

백면의 대답에 무린의 입술에 불식간에 씹혔다. 드득! 소리까지 날 정도였으니 얼마나 세게 무린이 씹었는지는 굳이 설명할 필요도 없었다. 과격한 모습. 그러나 전부가 그런 무린을 이해했다.

물론, 그 이해가 동정은 아니었다.

군사의 납치.

그건 비천대를 분노하게 만들기 충분했다. 다만, 그 분노를 무린이 있기에 억제하고 있을 뿐이었다.

천리통혜. 비천대와 함께하며 무혜에게 주어진 별호였다. 그런 어마어마한 별호가 붙을 만큼 무혜가 한 일은 엄청났다.

일개 군사가 이룩해 내기에는 솔직히 고개가 절레절레 흔들어질 정도로 큰일을 해냈다. 그리고 고비 때에도 군사는 제 몫을 다했다. 끊임없이 구상하고, 의심하고, 고뇌하고. 그렇게 나온 작전들이 비천대를 위험에서 한발 빠르게 빠져나오게 만들었다.

군사가 없었다면?

비천대는 벌써 전멸이었다.

아니면 전멸에 버금가는 타격을 입었던가.

그런 군사가 납치당했다.

어찌 속이 평온할 수 있을까.

다만 앞서 말했듯이 감히 무린 앞이라, 내색하고 있지 않을 것뿐이었다.

"아무것도… 아무것도 없었나?"

"그렇소."

"후우……."

짙은 한숨이 무린의 입에서 흘러나오자, 분위기는 무겁게 내려앉았다. 단지 한숨뿐인데도, 마치 누구 하나 죽어 초상이라도 치를 것 같은 암담한 분위기였다.

"어찌 한 사람에게 이리 가혹한……."

누군가가 읊조리듯이 흘려낸 말.

이옥상의 말이었다.

그 말에 모두가 공감했다. 한 사람이란 당연히 무린이었다. 모두가 무린에게 부여된 운명을 생각하면, 아주 치가 떨렸다. 극한, 그 극한의 극한까지 몰아붙이고 있었다.

단문영, 모두가 안다.

단문영이 무린을 가슴에 담았고, 무린은 그것을 받아들였음을.

그런 단문영이 죽었다.

그게 얼마 전이다. 아직 한 달도 지나지 않았다. 그리고 그걸 받아들이고, 가슴에 겨우겨우 묻어낸 다음 바로 친동생이 납치당했다.

무린이 비천대를 소집한 이유.

그건 바로 가족 때문이다. 그러니 무린이 가족을 얼마나 끔찍하게 생각하는지 모두가 안다. 정말 너무나 잘 안다. 그러니 지금 무린이 겪고 있을 고통이… 상상조차 되지 않았다.

비천대가, 이곳에 존재하는 모든 사람들은 무린이 얼마나 굳건한지 안다. 굳이 비교하자면 철혈에 비교해도 손색이 없을 것이다.

하지만 그렇다고 그게, 아예 감정을 느끼지 않는 비정한 독심이란 뜻은 아니었다. 슬픔을 느끼되, 이겨내는 것뿐이다.

"미안하오. 단 소저도, 군사의 일도……."

백면이 사과의 말을 무린에게 건넸다.

"됐다."

그 말을 무린이 고개를 저으며 받았다. 죄책감, 남궁유청만 느끼고 있었을까? 아니었다. 전부 느끼고 있었다. 그들은 단문영을 마녀가 납치하는 것도 막지 못했다. 그리고 이번엔 군사의 납치도 막지 못했다.

즉, 두 사람의 일에 비천대가 한 건 정말 아무것도 없다는 소리. 그러니 백면이 이런 소리를 하는 것도 이상한 일은 아니다.

"아니오. 후후, 강해졌다 생각했건만… 이리 보잘것없을 줄은 몰랐소."

"되었다고 했다. 나도 아무것도 못 했다. 인력(人力)으로 막을 수 있는 일이 아니었다."

무린은 딱 잘라 끊었다.

인력(人力), 그걸로는 마녀의 행사를 막을 수 없다.

그뿐이었다.

"오면서 느꼈는데, 마군은 기척조차 느껴지지 않더군."

무린은 근원도에 대한 말 말고, 화제를 전환했다. 이런 분위기로는 안 된다는 것을 무린은 본능적으로 알았다.

'쳐지면 안 된다. 적극적으로 움직여야 돼.'

군사가, 무혜가 있었으면 당연히 그랬을 터.

그녀는 분위기 파악과 통제에서는 귀신같았으니까.

'벌써… 빈자리가 크구나.'

너무나도.

홰홰.

무린은 고개를 저어 그 생각마저 털어냈다.

집중, 집중할 때였다.

"길은 열린 것 같소."

"그래, 그렇게 봐야겠지. 하지만 안심할 수는 없다. 근원도, 그 섬에는 분명 우리를 위협할 것들이 있을 거야."

"현재 일부의 마군들만 빠져서 그쪽으로 옮겨가도……."

"재앙이지."

그저 재앙 정도가 아니다.

일개 성에 주둔 중인 마군만 근원도로 옮겨가도 그곳은 진심 지옥이 될 것이다. 만약 무린에게 천라지망을 형성하고 있던 마군들만 근원도로 옮겨갔어도, 비천대 전체는 죽음을 각오해야 한다.

그곳에서 모조리 뼈를 묻을 확률은… 십 중 십에 가까울 것이다.

"천하는?"

"엉망입니다."

"후우……."

한숨 뒤 무린이 자세히, 라고 말하자 정보를 말하기 시작한 연경이 고개를 잠시 젓고는 말을 이었다.

"황실군은 궤멸 상태입니다. 소림, 무당은 물론 구파 전체가 본산에 묶였고, 석가장은 아직 건재합니다. 검문의 상황은 알려진 게 없고……."

검문이라는 말에 무린은 잠시 정심과 이옥상을 바라봤다. 흔들림 없는 눈동자였다. 자문의 저력을 확실하게 믿고 있는 눈치였다. 아니, 검후를 믿고 있는 것 같았다. 그 흔들림 없는 눈빛에 검문과 조우했던 얘기는 이 얘기가 끝나고 해주기로 했다.

연경의 말이 끝나지 않았으니.

"버티는 곳도 있고 아닌 곳도 있습니다. 제갈가는 아시다시피… 남궁가는 겨우겨우 버티고 있다 합니다. 황보가, 팽가, 당가는 터를 버렸습니다. 팽가는 강신단과 함께하는 중이고, 황보가와 당가는 현재 안휘성으로 도망치고 있다고 합니다."

"……."

최악이군.

더 이상 뭘 어떻게 설명할 수가 없다.

"그나마도 수로채와 녹림이 없었으면 오가는 전멸했을 겁니다. 그들이 산과 강을 통해 계속 도와줬으니 망정이지, 안 그랬으면 오가는 남궁가, 팽가 빼고 전멸했을 겁니다."

"그랬겠지. 산과 강은 그들이 가장 잘 아니까. 예상외로 강호가 큰 도움을 얻는군."

"폐쇄성이 짙어 건드리지만 않으면 먼저 해코지는 잘 하지 않는 집단입니다. 하지만 마군의 칼날은 그들이라고 해서 비껴가지 않았지요. 그래서 전 중원의 녹림과 수로채가 움직여 마군에 대항하고 있습니다. 하지만……."

"역부족이겠지."

천하에서 가장 많은 문도를 가진 집단으로 꼽히는 몇 군데가 있다. 걸개들의 집단인 개방, 산적 집단인 녹림, 수적 집단인 수로채. 이 셋이다.

수천?

어쩌면 전 중원을 따졌을 때 수만이 넘을지도 몰랐다. 그들이 돕고 있는 것이다. 하지만 그래도 역부족은 역부족이다. 마군의 전쟁에 도움을 '확실히' 줄 수 있는 있는 무력이 있었다면 전쟁이 이렇게 흘러가고 있지도 않았을 것이다.

삐익!

삐에엑!

그때 어디선가 동물 울음소리가 들렸다. 그에 갈충이 흠칫하더니 급히 품에서 대롱같이 생긴 물건을 꺼내 입에 대고 불었다.

그러자 쏜살같이 달려오는 기척이 느껴졌다.

어둠을 뚫고 들어와 갈충의 품에 휙 몸을 날리는 작은 동물. 산달(山獺)이었다. 이 사나운 놈을 어떻게 구워삶아 길들였는지, 신기하기도 했다.

새까맣고 윤기 나는 털과, 보통 산달보다 작은 체구로 봐서는 좀 특별한 종 같았다. 갈충은 그 녀석의 발목에 매달려 있는 통에서 하얀 종이 하나를 꺼냈다. 그 후 육포를 넉넉하게 바닥에 던져 놓으니 산달은 육포로 바로 달려갔다.

갈충은 하얀 종이, 서창에서 보내온 서신을 펼쳤다. 무린에게 먼저 주지 않은 이유는 어차피 서창의 요원들만 알 수 있는 암호문으로 되어 있기 때문이었다.

잠시 종이를 보던 그가 불에 종이를 휙 던졌다.

그리고 바로 입을 여는 갈충.

"황제폐하가… 승하하셨다."

"……."

"……."

갈충의 담담한 얼굴에서 나온 말은, 깜짝 놀랄 만한 말이었다. 선덕제의 존재는 필요하다. 대명 황군의 구심점이 되는 이가 바로 선덕제이기 때문이다. 선덕제에게는 무력이 없어도 사람을 쓸 줄 알고, 앞을 볼 줄 아는 안목이 있었다.

그런 그가?

하지만 어떻게?

제종이 멍한 표정으로 입을 열었다.

"무적단주가 같이 있었을 텐데?"

"모르겠다. 전문에는 폐하의 승하 소식과 흉수가 구화검이라고만 적혀 있었다."

갈충은 평소 짓던 비릿함과 비열함을 버리고 완전히 딱딱하게 굳어 있었다. 그런 갈충을 잠시 바라보던 무린이 고개를 갸웃했다.

"이상한데."

"음?"

"구화검은 나를 노리고 있다 하지 않았나? 문영에게 그렇게 들었는데?"

"아, 그랬지. 그랬어… 뭐지? 구화검? 설마 잘못된 정보인가? 아니, 서창의 창두를 거쳐 내려온 정보라면 진위는 확실하다는 건데……?"

"잠깐."

무린은 생각에 잠겼다.

구화검.

전설이다.

소수의 전설과 맞먹을 정도로 그 위명이 어마어마했던 전설이다. 너무나 강했기에 옛 강호에서 힘을 합쳐 지워 버린, 그런 전설이다. 이런 구화검이 하나 더 있다? 이건 결코 좋은 소식이 아니었다.

"둘? 구화검이 두… 아."

무린은 생각해 냈다.

자신을 쫓는 구화검은 이장백이다.

무린이 귀환하고 나서 처음으로 맺은 인연이 바로 이장백인데, 무린이 신경 쓰지 못할 때 마녀에게 어떤 일을 당한 게 분명했다.

그리고 이장백에게는 모친과 누이동생이 있었다.
이장희.
병색이 완연했던 그 아이의 존재가 무린은 떠올랐다. 떠날 때는 건강했었다.
"나를 쫓는 구화검은 이장백. 내가 거뒀던 녀석이었다. 그런 녀석이 마녀대전이 터지고 난 후 구화검이 되어 돌아왔지."
"알고 있소."
백면도 알고 있었다.
면식도 있었다.
직접 구화검과 만나기도 했었다.
"그 녀석에게 동생이 하나 있어. 누이동생이."
"그 또한… 기억에 있소. 진 형은 지금 황제폐하를 해친 흉수가 그 아이라고 생각하는 것이오? 이장희, 그 아이가?"
백면은 이름까지 기억하고 있었다.
무린이 남궁유성에게 당해 사경을 헤맬 때 무린의 장원을 찾아온 백면이고, 비천대다. 그때는 이장백의 가족이 전무 진무관에 있었으니 모를 이유가 없었다.
"장소는 어디였지?"
일단 이장희가 또 다른 구화검인 것을 기정사실로 두고 갈충에게 선덕제의 승하 장소를 묻는 무린.
"길림."
"배 타고 바로 움직이면… 우리보다 먼저 근원도에 갈 수 있겠군."

"아마도."

딱딱한 갈충의 얼굴은, 이후 풀렸다. 킬킬거리면서 웃더니. 후우… 하고 한숨을 내쉬었다. 복잡할 것이다. 그는 원해서 서창으로 들어갔으니까. 황제에 대한 충심도 분명 있었을 것이다. 그것보다 앞선 게 무린이 북방에서 준 생명의 은이어서 이곳에 있을 뿐이었다.

"하나 더 있지. 킬킬. 소향 아가씨 일행이 절강성 해염현으로 가고 있다는군?"

"소향이?"

"킬킬."

무린의 되물음에 예의 그 비릿한 웃음과 함께 고개를 끄덕이는 갈충. 그 대답에 다음 목적지가 정해졌다. 소향이라면 알 것이다. 근원도가 어디인지도. 그녀가 모르는 건 이 세상에 거의 없으니까.

무린이 장팔을 돌아봤다.

"여기서 거리는?"

"넉넉잡고 달려도 일주일이면 충분합니다."

여기서 절강성까지 일주일?

본래라면 십 주야로도 부족한 굉장히 긴 거리다. 하지만 비천대의 전마는 충분히 그걸 가능하게 만들어줄 주력이 있었다.

뜨거운 사막에서 단련된 전마들이다. 말만큼은 무린보다

도 잘 아는 마예가 훈련시킨 비천대의 전마면 쉬지 않고 하루에 반 이상을 충분히 달릴 수 있을 것이다. 게다가 전마들의 체력은 정마대전, 마녀대전을 거치면서 더욱더 성장해 있었다.

이젠 전부 명마라고 해도 과언이 아니었다.

전설속의 명마, 적토(赤兎)만큼은 아니어도 충분히 그 아래 명마들의 대열에는 낄 수 있을 것이다.

"묘시 초에 출발한다."

"네! 준비하겠습니다!"

장팔은 기합이 바짝 들어갔다. 아니, 기합이 아닌… 독기였다. 장팔에게 무혜는 특별한 존재였다. 둘도 없는 전우가 보는 순간 마음을 빼앗기고, 끝끝내 생명을 희생했을 정도로 사랑했던 여인.

무린의 동생이지만, 장팔은 무혜를 친구의 정인으로 생각했다. 아가씨이기도 하지만, 제수씨이기도 하다는 말이었다.

말로 뱉어내지는 않고 있지만, 비천대에서는 무린 다음으로 현재 독한 마음을 품고 있는 상태였다.

"다들 쉬도록 하지."

비천대를 해산시킨 무린은 자리에서 일어났다. 알아서 자신의 자리를 만들고 가만히 앉는 무린.

'이건… 힘들군.'

겉으로 내색은 안 하려고 필사적으로 참았다. 속은 아주… 엉망진창이었다. 비천신기가 중간에 몇 번씩 돌았을 정도였다. 의식적으로 조급해하지 않으려고 했지만, 그게 어디 쉽나. 속만 곪아가고 있었다.

단문영의 일에, 무혜의 일까지.

이 두 가지의 일은 하나가 되어 무린을 덮쳤다. 힘들게 묻으려고 했던 단문영. 겨우 다짐을 끝내자마자 마녀는 기다렸다는 듯이 나타났다. 그래서 단문영에 대한 것도 다시 살아나 버렸다.

'언제나 답답했지만…….'

정말 이번엔 상상 초월이었다. 뇌가 일정한 방향으로 생각을 이어나가게 가만히 두지를 않았다. 그냥 제멋대로 왔다 갔다, 광기가 든 여자의 춤사위처럼 두서없이 날뛰고 있었다.

그걸 무린은 조장들과 대화 중에도 필사적으로 억눌러 왔다.

'혼심? 아니야… 느껴지지 않았다. 이건, 삼륜공으로도 제어가 안 되는…….'

심마(心魔).

제대로 마음속에 마(魔)가 낀 것이다. 통제되지 않는 이건 도무지 어떻게 할 수가 없었다. 하지만 그럼에도 무린은 지금 참아내고 있었다. 극단적으로 흘러가는 상상조차 스스로 막고, 박살 내가면서까지.

그렇게라도 하지 않으면… 도저히 버틸 수 없다는 것을 느끼고 있기 때문이었다. 끊어야 된다. 이건 깊게 생각해서는 안 된다. 오직, 정확한 것들로만 움직여야 한다. 이런 식으로 여전히 마구잡이였다.

'후우…….'

기잉!

비천신기가 다시 돌았다. 돌기 시작한 비천신기 속의 이륜이 움직여 무린의 머릿속을 또다시 강제로 정화시켰다.

'진짜…….'

미치겠다.

흡사 광기라도 든 기분이었다.

마녀는 이걸 노렸나?

그런 생각까지 들었다.

'그만.'

쉬어야 할 때다.

앞으로는 정신이 없어질 것이다. 목적은 오직 하나, 무혜의 구출이다. 그것 하나만을 위해 지금은 정신력도, 체력도 비축해 둬야 할 때였다. 무린은 자신의 짐에서 건량을 꺼냈다. 그리고 자리에서 일어나 소젖과 밀가루를 넣어 소금으로 간을 한 죽을 한 사발 퍼왔다.

후룩, 그릇째 들어 마셨다. 맛? 느껴질 리가 있나. 미각 자체가 아예 날아가 버린 것 같았다. 그래도 무린은 꾸역꾸역 위장에 밀어 넣었다. 소화 불량? 그런 건 애초에 있을 수가 없는 일이다. 음식물 섭취 행위가 체력으로 이어지고, 그건 곧 생존 자체에 필수라는 걸 북방에서 일 년도 채 되기 전에 배웠기 때문이다.

누구도 가르쳐 주지 않았는데.

잘 넘어가지 않는 저녁을 겨우 다 먹은 무린은 잠을 청했다. 수면 자체가 체력, 정신력 회복으로 이루어지니까.

그러나 역시, 무린은 그날 밤을 뜬눈으로 보내야만 했다.

*　　　*　　　*

절강성 해염현까지는 장팔의 말대로 정확히 일주일 걸렸다. 오면서 마주친 마군? 없었다. 오면서 비천대는 정말 인기척조차 느끼지 않고 왔다. 최단 거리를 주파하면서 잠시 머무른 현에서는 봤지만, 그 외에서는 누구와도 마주치지 않았다.

해염현은 조용했다.

포구가 있는 마을인데도 이상하게 조용했다. 사람이라고는 거의 없었다.

그나마 보이는 주민들도 전부 나이든 노인들이나 아이들, 그리고 그런 아이들을 키우는 아녀자들이 전부여서 불길하기 짝이 없지만, 무린의 초감각은 이들이 정말 순수한 주민들이라고 말하고 있었다. 이것마저 속여 넘긴 거라면, 어차피 대응할 방법도 없었다.

포구에 있는 가장 큰 창고.

그곳에 소향이 있었다.

한비담, 운검, 그리고 예하와 검란 소저. 그게 소향 일행의 전부였다. 겨우 다섯의 일행. 게다가 초췌했다.

무린과 몇 번 만나지 않았던 한비담. 항상 웃는 낯이던 그 사내까지 전부가.

"오셨어요?"

"그래."

소향은 무린을 보고 말없이 웃었다. 희미하고 기운 없는 미소였다. 무린은 소향의 앞에 철퍼덕 앉았다. 무린이 앞에 앉자 소향의 고개가 다시 힘없이 무릎 사이로 들어갔다.

잘 지냈냐는 인사?

수고했다는 인사?

그런 건 중요한 축에도 끼지 못했다.

"혜가 납치당했다."

"……."

소향의 고개가 번쩍 튕겨져 올라왔다.

끔뻑끔뻑, 지금 대체 무슨 소리를 한 거야? 다시 한 번 말해 봐! 눈동자 자체가 그런 감정을 머금고 있었다. 입은 이미 벌어져 침이 흘러도 이상하지 않을 상황이었다.

"몰랐구나."

"그, 그게……!"

"쉿. 목소리가 크다."

무린은 소향을 진정시켰다.

소향은 앞으로 생각을 해줘야 했다. 결코 흥분해서는 안 되는 아이였다. 이건 오면서 생각했던 부분이었다.

지금의 무린은.

많이 냉정해져 있었다.

불길을 가라앉히고, 차가운 북해의 빙정을 가슴과 머리에 가득 담았다.

아주 가득.

그래서 지금의 무린은, 무혜가 납치당했던 날의 무린과 완전히 달랐다.

"오, 오라버니……."

소향의 눈동자가 마구 흔들렸다.

동생이 납치당했는데도 너무 냉정한 무린의 모습에 놀란 것이다. 하지만 역시 소향, 무린의 눈동자 너머 차갑게 얼어 있는 깊은 분노와 화(火)의 덩어리들을 짚어냈다. 그건 크고 어둡고 차갑고 뜨거웠다.

"그만. 내 상태는 중요하지 않아. 다시 말하마. 혜가 마녀에게 납치당했다."

"……."

소향의 눈동자가 무린이 원래 알던 상태로 천천히 돌아왔다. 대화를 나눌 상태가 됐다고 판단한 무린은 곧바로 다음으로 넘어갔다.

"근원도."

"네?"

"근원도라고 했다."

"마녀가… 그곳으로 오라고 했나요?"

꿈틀꿈틀.

소향의 눈매가 경련을 일으켰다.

역시 뭔가 알고 있는 게 분명했다.

그게 아니라면 저런 반응이 나올 리가 없었다.

"그곳이 어떤 곳인지, 어떤 비밀을 품고 있는지… 관심 없다. 위치만 알려다오."

"……."

소향이 입이 꾹 닫혔다.

역시… 또 뭔가 있다.

그냥은 말해주지 않을 것 같았다.

하지만 무린에게는 반드시 들어야만 하는 이유가 있었다.

그곳에.

무혜가 있다.

그거 하나면 그 어떤 명분이라 하더라도 논파할 수 있을 것이다. 무혜가 그곳에 있다는 이유 하나만으로.

"역시 못 알려주겠느냐?"

"……."

무린이 다시 물었지만 소향은 여전히 대답이 없었다. 그에 무린의 눈빛은 더욱더 깊게 침잠해 들어갔다. 초감각을 유지하고 있던 비천신기가 꿈틀거렸다. 무린의 심경에 반응하기 시작한 것이다.

그러나 무린은 비천신기의 회전을 강제로 억눌렀다.

소향이다.

핍박해서는 절대로 안 될 아이였다.

"하지만 난 들어야겠다. 소향, 이런 경우는 대체 어떻게 해야 하지?"

"오라버니."

소향이 다시 무린을 부르며 입술을 뗐다. 눈동자는 여전히 확고했다. 흐리던 기색은 아예 전부 자취를 감췄다.

"어떻게 된 건지 일단 정황을 알려주세요."

"……."

나온 말이…….

후우.

심호흡을 한 무린이 소향을 정확히 직시했다.

"말 돌릴 생각 말아라. 근원도. 내가 알고 싶은 곳은 그곳이 어디 있는가. 그것뿐이다. 그 외에는 아무것도 필요 없다."

"말 돌릴 생각이 아니에요. 일단 저도 정황을 알아야 하지 않겠어요?"

"알아야지. 하지만 근원도의 위치가 먼저다. 지금의 난 누구도 믿지 않는다. 나조차도."

진심이었다.

무린은 스스로를 조금 과신하기도 했었다. 마녀를 빼곤 무적의 위용을 보여줬었기 때문이다. 소수의 전승자를 둘 다 해치웠고, 소향만큼이나 비상하던 이가 조율하던 천라지망에서도 버텼다.

비천신기의 덕도 있지만, 비천신기는 무린의 것이다. 결국 무린이라는 개인의 능력이 보여준 일이다.

그래서 조금 과신한 적도 있었다. 하지만 어땠나. 마녀를 막았나? 남경에서 정신을 팔지 않았으면? 물론 그랬어도 달라지진 않았겠지만 지금처럼 무린이 극심한 무력감을 느끼지는 않았을 것이다.

물론 그렇다고 원천적인 배제는 아니다. 아예 듣지도 않고 고집을 부릴 무린이 아니다. 지극히 신중해졌다는 표현이 옳을 것이다.

'소향은 알고 있어. 근원도에 뭐가 있고, 어떤 위험이 있는지. 그래서 나를 그곳으로 보내고 싶지 않을 거야… 무혜가 관련이 되어 있어도 말이지.'

무린이 아는 소향은 충분히 정이 넘치는 아이였다. 하지만 그것보다 더욱더 넘치는 게 냉정한 이성적 사고다. 소향이 무조건 무혜의 일이라고 도울 줄 알았다면 오산이다. 무린은 소향을 잘 알고 있다.

애초에 소향은 무린에게는 가식적인 모습을 보여주지 않았었다. 그러니 두 사람은 서로를 아주 잘 안다.

무혜의 납치는 소향을 단숨에 흔들 정도로 큰일이었다. 왜? 무혜가 먼저였기 때문이다. 한명운 선생의 무기명제자로 들어간 시기가 말이다. 완벽하게 비밀이었다. 이걸 알았던 이는 당사자들과 어머니 호연화뿐이었다.

소향조차 몰랐던 것이다.

당연히 소향은 좋아했다. 사저(師姐)가 생겼으니까. 게다가 그 사저가 항상 걱정이던 무린을 보필하고 있다는 걸 알자, 굉장히 기뻐했다. 소향이 걱정하던 지혜가 무린에게 추가되었으니까.

그런 무혜의 납치. 당연히 소향도 걱정된다.

하지만 너무나 냉정한 그녀의 이성이, 무혜의 구출보다 무린을 그곳으로 '아직' 못 가게 하는 걸로 마음을 기울게 만들고 있었다.

"알려다오."

그걸 아니 반드시 근원도로 가는 길과 위치를 들어야 했다. 무린은 마음 단단히 먹었다. 여기서 연을 끊을… 각오까지 함께.

"후우… 오라버니, 가면 안 돼요. 아시잖아요……?"

"아니, 모른다."

"오라버니……."

"그 어떤 이유를 내게 댄다 하더라도, 무혜를 구하러 가려 하는 나를 막을 수는 없다. 너야말로 알지 않느냐?"

"아아……."

소향이 일찌감치 체념?

아니, 설마……. 그럴 거였으면 한명운 선생에게 낙점 받지도 못했을 것이다. 무린이 아는 소향은 결코 이 정도로 마음을 아이가 아니었다.

그녀는 군사다.

이 한마디가 모든 걸 설명할 수 있었다.

"시간 끌고 싶지 않다. 장소만 알려주면 내가 알아서 가도록 하겠다. 그리고… 혹여 네가 말해주지 않는다고 해서, 내가 못 찾아갈 성싶으냐?"

무린의 그 말에 소향이 힘없는 목소리로 대답했다.

"기한을 넘기게 할 수는 있지요."

"그게 무얼 뜻하는지도 알겠지?"

"물론이에요. 사저의 죽음……."

"그래, 혜는 죽게 될 것이다. 마녀의 손에. 그럼 그때 내가 어떻게 할지도 알겠지?"

"……."

그 말에는 소향이 입을 닫았다.

무린의 말 속에 뜻을 파악하기 위해서였다.

아주 많은 의미가 담긴 말이었고, 소향은 그걸 일일이 파악해 냈다. 그리고 역시 힘없이 얼굴을 일그러트렸다.

"그리고 하나 더. 네가 이곳에 있구나. 어차피… 갈 생각 아니었나? 근원도로."

"그건……."

"이런 해안가에서 중원을 지휘하기란 요원한 일이야. 하북이나 요녕, 신강 쪽은 아예 끝이지. 군사인 내가 이렇게 비효율의 극치인 장소에 괜히 왔을 리가 없다고 생각한다. 그럼에도 왔다면, 와야 하는 이유가 있을 것이다. 그것도 반드시 와야만 하는 이유가."

"……"

"내가 머리가 좋진 않지만 이 정도는 안다. 어차피 갈 생각 아니었느냐."

"……."

소향은 입을 다물었다.

대답하지 않는 소향을 무린은 뚫어져라 바라봤다. 기세도 일으키지 않았지만, 그 자체로 압박이었다.

스윽.

그러자 바로 개입하는 인물이 있었다.

검란 소저였다.

소향을 지키는 이로 낙점된 이가 바로 검란 소저다. 소향을 향한 압박을 그녀가 내버려 둘 리가 없었다. 하지만 무린도 지금만큼은 양보할 때가 아니었다.

"비켜주십시오. 소향과 얘기 중입니다."

"그럼 얘기만 하세요. 공연히 압박을 넣지 말고. 저는 이 아이의 수호자입니다."

"그럴 테니, 비켜나시오."

무린의 기세가 좀 더 부드러워졌다.

그러자 검란 소저가 비켜섰다.

"소향."

"네."

"내게 비천대, 그리고 가족을 빼면 남는 게 없다."

"……."

진심을 전한다.

만약 이렇게 하는데도 알려주지 않으면… 포기한다. 근원도는 스스로 찾을 생각이었다. 해안가에 형성된 마을과 현만 뒤져도 얼추 정보는 나올 거라 생각됐다.

“관평이 죽었고, 문영이 얼마 전 죽었다.”

“아…….”

소향의 입에서 탄식이 흘러나왔다.

단문영의 소식은 또 처음 들었으리라. 불과 이 주가 겨우 흐른 시점이니, 어쩌면 모르는 것도 당연했다. 그리고 그만큼… 정신이 없었을 것이다.

“이젠 혜아다. 나 때문에, 이 오라비에게 부여된 운명 탓에 가혹할 정도로 모진 마음고생을 한 아이다. 그 아이가 납치당했다.”

“…….”

“내게 남은 건 이제 없다. 그 아이만큼은 반드시 살려야 한다. 그게 이 세상에서 내가 해야 할 마지막 일이 아닌가 싶다.”

“오라버니…….”

“네 마음은 안다. 내 심정은 정말 너무나 잘 알아. 어떻게든 이겨내려 아등바등 힘 써온 너를 내가 어찌 모를까. 하지만 이해해 다오.”

나는…….

가야겠다.

결국 가야겠다는 그 마지막 말에 소향의 고개가 뚝 떨어졌다. 이성적인만큼, 무린을 막을 수 없다는 걸 깨달아 버려 나온 빠른 패배 시인이었다.

그녀는 아는 것이다.

무린에게 진짜 가족을 빼면 남는 게 없다는 사실을.

그러니 애초에 소향이 이길 수 없는 싸움이었다.

第二百九章
근원도(根源島) 二

상산현으로 가세요.

소향이 처음으로 했던 말이었다. 그 말을 시작으로 나온 소향의 얘기에 무린은 앞뒤 볼 것도 없이 곧바로 해염현을 벗어났다.

위치를 알았다. 그러니 더 이상 지체할 필요가 없던 것이다. 포구에서 바로 배를 빌려 자계현 근방에 내린 무린은 즉시 남하를 시작했다. 그곳에서 바로 상산현까지 일직선으로 달렸다. 일부로 기수를 돌려 다른 현에 들려 쉬는 일도 하지 않았다.

오직 달리기만 했다.

쉬는 시각을 뺀 나머지를 이동에만 썼다. 그래서 걸린 시각이 약 사흘. 상산현은 해염현보다도 주민수가 작은 현이었다.

그리고 역시, 해염현처럼 텅 빈 마음의 분위기가 가장 먼저 다가왔다. 음침한 게, 귀신이 나와도 전혀 이상하지 않을 분위기였다.

그곳에서 조석겸이란 사람을 찾으세요.

무린은 그 말을 떠올리고, 마을에 들어선 즉시 장팔을 불러 일렀다.

"조석겸이란 사람을 찾아봐라. 있다면, 그가 우리를 근원도로 안내해 줄 것이다."

"네!"

절도 있게 대답한 장팔이 바로 비천대를 돌아보고 명령을 내렸다. 내용은 극히 간단했다. '이름, 조석겸! 찾아!' 이게 끝이었다.

비천대가 삼인 일조로 뿔뿔히 흩어졌다.

조장들도 홀로 흩어졌다.

당연히 무린도 혼자 조석겸이란 사람을 찾아 나섰다. 무린은 다 허물어져 가는 가옥 몇 군데를 둘러보았지만 거의 노인들만 있었고, 사내 자체를 찾을 수가 없었다. 그러다 해가 내리쬐는 강렬한 빛에 잠시 손을 들어 막다가, 저 멀리 해안가로 향하는 언덕 능선 쪽에 집 한 채가 눈에 들어왔다.

뭔가 끌림을 느꼈다.

지체 없이 말을 달려갔다. 가까워지면 가까워질수록, 먼저 뻗어나가 있는 초감각이 사람의 흔적을 찾아 무린에게 알려줬다.

작은 초가집이었다.

다만 형태는 엉성하고, 태풍이라도 한 번 불면 아주 짚단이 싹 날아갈 것 같았다. 아주 엉망인 집이었다.

초감각에 딱 걸려든다.

집 안에 있는 사내가.

무인은 아니었다. 무공이라는 것 자체를 익히지 않은 사람이었다. 호흡은 고르고, 일정한 법칙을 따르고 있지만 그건 무인의 호흡이 아니었다.

들숨과 날숨의 배열이 완전히 달랐기 때문에 모를 수가 없었다. 집 안에 사내는 감이 좋았다. 무린이 말을 몰아 언덕을 천천히 올라가니 사내는 무린의 기척을 어떻게 알았는지 조금 주춤하는 모양새로 집 밖으로 나오고 있었다.

무린은 조급해하지 않았다.

괜히 사내를 위협할 수 있기 때문이었다.

이자가 정말 근원도를 알고 있다면… 절대 경계심을 가지게 해서는 안 될 일이었다. 이윽고 언덕을 전부 오르자, 사내가 허름한 마루에 앉아 있는 게 보였다.

가장 먼저 보이는 건…….

'구릿빛 피부. 단순 피부색이 아니야. 뜨거운 태양의 열기

에 타고, 또 타서 나온 피부. 이자……'

선장이다.

이곳은 농사를 지을 수 있는 환경이 아니고, 그렇다고 열사의 대지와 가까운 곳도 아니다. 해안가가 응당 그렇듯, 그물질로 입에 풀칠하며 산다.

그리고 그냥, 바다의 냄새가 난다.

하지만 무린의 감이 굉장히 좋다는 걸 떠올려 보면, 무시할 것도 아니었다. 연배는 무린보다 많아 보였다. 하지만 등도 굽지 않았고 팔뚝도 단단했다. 눈빛도 제대로 살아 있었다. 아직 현역이다.

어떤 일을 종사하든지.

"뉘시오?"

"조석겸이란 사람을 찾아왔습니다."

"나요."

무린이 대답하자, 바로 대상이 자신임을 밝힌다. 무린이 어떤 목적으로 왔다고 밝히지도 않았는데 바로 한 세상 살면서 나쁜 짓하지 않은 사람의 당당한 눈빛으로 대답한 것이다.

"비천대주 진무린입니다."

"조 선장이라 부르시오."

하대도 자연스러웠다.

상대를 깔보는 기색도 없다. 필시 사람을 아래에 두고 다뤄본 사람 같았다. 그러면서도 분명 '악덕' 이라는 소리는 듣지 않았을 것이다. 그랬을 사람의 눈빛이 아니었다. 그런 조석겸은 잠시 뒤, '비천대주? 무제?' 하더니 무린을 놀란 눈으로 바라봤다. 하지만 재밌게도 겁을 먹은 눈빛은 아니었다.

보통 백성들은 강호인이란 소리만 들어도 목을 움츠리는데, 조석겸의 눈빛은 겁을 먹은 게 아니라, 신기해하고 있었다.

타고난 배짱이 아주 두둑한 것 같았다.

"용건이 뭐요? 무제라 불리는 이가 나를 다 찾아오고?"

"근원도. 혹시 아십니까?"

"근원… 도?"

"예. 아는 지인에게 들었습니다. 조 선장님을 찾아가면 근원도로 갈 수 있을 거라고 말입니다."

"잠시, 내 생각 좀 해보겠소. 하도 다녀본 섬이 많아서 말이오."

"예."

무린은 흔쾌히 고개를 끄덕였다.

그리고 손을 들어 비천대의 접근을 막았다. 어느새 마을의 탐색을 끝낸 비천대가 무린에게 다가오고 있었기 때문이다. 괜히 다가오면 경계심을 느낄 수도 있었다. 타고난 담력 때문에 놀라지는 않겠지만, 경계심을 가져서는 곤란했다.

"음, 언제고 가본 것 같은데. 으음……."

혼잣말을 하며 중얼거리는 조석겸을 무린은 보채지 않았다. 그가 아니면 이 세상에 아는 사람을 다시는 만나기 힘들지도 몰랐다. 그도 그런 게, 소향도 위치가 아닌 이 사람을 소개시켜 줬다.

즉, 소향도 모른다는 소리였다.

"아!"

조석겸이 손뼉을 짝 쳤다.

"이십 년 전에 한 번 가본 적 있지! 거기였구만, 겨우 배를 댄 곳의 비석에 '근원'이라고 적혀 있었어. 그곳인 것 같은데? 그 섬 말고는 내가 다녔던 곳은 전부 이름이 있는 섬이었어."

"확실합니까?"

"그럼, 해신의 분노를 제대로 만나 죽다 살았지. 이후 돛이 박살 나 몇 날 며칠을 겨우 버티다가 우연히 만난 섬에 겨우 배를 댔지. 둘러볼 겸 오르던 산의 입구에 분명 근원이라고 적힌 비석이 세워져 있었어."

"그렇… 습니까?"

"그럼, 확실해. 특이한 건 산 꼭대기에 거대한 분지가 하나 있었다는 거야. 아주 컸지. 수천수만 명이 들어가고 남을 정도였어. 그래서 기억에 남았었는데, 이십 년이나 지난 일이라 기억이 가물가물했던 거야."

그래?

그곳이다.

"근데 그곳에 가려고?"

이젠 완전한 하대.

하지만 무린은 개의치 않았다.

이 사람, 은인이라고 생각될 정도였으니까. 정말 근원도로 데려다만 주면 말이다.

"예, 가야 합니다."

"가기 힘들걸?"

"예?"

그건 또 무슨 말?

가봤었는데, 다시 가기 힘들다니? 무린이 아는 한 선장들은 처음 가본 곳은 항상 기록에 남겨둔다고 했다. 육지의 지도처럼 해도를 만드는 것이다. 다시 찾아갈 수 있도록 말이다.

그러니 다시 못 갈 이유가 없었다.

"그땐 나도 젊을 때였어. 배를 모는 사람들에게 해도에 기록되어 있지 않은 섬을 찾은 게 얼마나 큰 영광인지 아나? 내 살아 돌아온 다음에 혈기를 참지 못하고 아주 신나게 떠들어 댔지. 하지만 어린놈이 새로운 섬을 찾았다는데 어디 쉽게 믿겠나? 당연히 무시만 당했지. 열이 받아 사람들을 태우고 다시 그 섬으로 떠났어."

느낌이 온다.

"찾지 못하셨군요."

"그래, 찾지 못했지. 씻은 듯이 사라졌더군. 아니, 오히려 거기서 항로를 이탈해 아주 죽을 뻔했다네."

"그랬군요."

확신이 들었다.

무조건 그곳이다.

마녀가 오라고 한 곳이다.

그냥 쉽게 찾아갈 수 있는 곳일 리가 없었다. 조석겸은 분명 운이 정말 좋았던 것이다. 아니, 어쩌면…….

'마녀가 조 선장을 인도한 것일지도 모르지…….'

지금을 위해서…… 말이다.

무린의 감이 마구 움직였다.

근원도, 조 선장이 좀 전에 말했던 곳이 확실했다.

물론, 의문은 들었다.

특히…….

'소향, 넌 도대체…….'

어떻게 알고 있던 거냐.

설마 이것도 한명운 선생이 알려줬던 거냐? 소향은 믿는다. 소향을 믿지 않으면, 비천대도 믿지 못할 것이다.

"데려가주십시오. 사례는 똑똑히 하겠습니다."

"음……. 가도 섬을 찾을 수 있는 확신이 없다고 말했네만. 게다가 위험해. 웬만한 배로는 가지도 못할 걸세. 일단 식량을 아주 넉넉하게 실어야 하거든. 여기서 동쪽으로 쭉쭉 가야 한다네. 망망대해의 한복판으로 들어가는 길이야. 찾지도 못하고, 식량마저 떨어진다면 모두 배 위에서 말라 죽을 걸세."

조석겸의 말에, 무린은 고개를 끄덕였다.

죽어도 좋다.

만약 근원도로 가지 못한다면… 죽어도 좋다. 살아도 산 게 아닐 테니 말이다. 누누이 말했지만 무린은 이미 모든 걸 각오했다.

"가고 싶습니다. 조 선장님, 부탁드립니다."

"……."

무린의 고개가 쭈욱 꺾였다. 허리도 접혔다. 그에 조석겸의 눈이 살짝 커졌다. 그가 편하게 반대를 하고 있지만, 그도 풍문은 들은 사람이다. 인생의 절반 이상, 다시 그 이상의 이상을 바다에서 보냈지만 뭍의 소식도 충분히 듣는다. 항상 새로 들어오는 선원들을 통해서였다.

비천무제.

그 명성, 그 위명, 그 전공, 그 사람 됨됨이, 그런 것들은 그도 알고 있었다. 그냥 쉽게 말해 대단한 사람이다.

수많은 호사가들이 입을 모아 한 말도 들었다.

이런 가혹한 시기가 아닌 태평성대였다면, 능히 강호의 천하제일위를 다투고도 남았을 거라고.

무시무시한 말이다.

현 강호의 최강자는 몇 년 전만해도 남궁가에서 대대로 배출했었다. 그럼 지금은? 모든 명성을 광검제와 비천무제가 싹 나눠먹는 상황이었다. 물론 둘 말고도 더 있지만, 애초에 구파는 예외다.

구파와 배화교는 언제나 군림했었으니까.

그런데 이제는 구파와 비견되는 무인인 무제가, 고작 선장인 자신에게 머리를 숙인 것이다. 조석겸은 충분히 머리가 깨어 있는 사람이었다.

무제가 이리 고개를 숙이는 이유가 있다고 알 정도로.

"알겠네. 하지만 준비할 시기를 좀 줘야겠네. 급히 나갈 일이 아니야."

"원하시는 만큼… 전부 지원하겠습니다."

"……."

조석겸은 고개를 무겁게 끄덕이는 걸로 무린의 말을 받았다. 조석겸은 묻지 않았다. 왜 그곳으로 가려 하는지에 대한 이유를.

믿을 만한 사람이란 확신을 심어준 결정적 행동이었다.

정확히 일주일 후, 조 선장이 겨우겨우 구한 군선, 화창(和暢)이 상산현에서 출발했다.

* * *

바다는… 광활하다.

그래서 속이 뻥 뚫리지만, 그것도 잠깐이다. 항해가 일주일 정도 계속되자 생각 이상으로 지치기 시작했다. 정신력뿐만이 아니었다. 체력도 조금씩이지만 깎이고 있었다. 비천대도 인상이 상당히 굳어 있었다.

게다가 조장들도 마찬가지였다.

물론 무린도.

익숙하지 않아서였다.

광활한 대지를 달리던 비천대다. 갑자기 이런 한정된 공간에서 출렁이는 파도를 며칠 동안 느끼니 몸의 감각이 점차 무너지고 있는 상태였다. 비천대 중 몇몇은 멀미에 토하기까지 했다.

조석겸이 껄껄! 비천대도 인간이었구만 그래! 껄껄껄! 하고 웃던 게 기억났다. 피식, 그럼 인간이지… 괴물일까?

인간이었으니 이제 채 백도 남지 않았지……. 그렇게 감상에 젖게 만들었었다.

차르륵.

텅.

나무로 된 선장실의 문이 열리며 일단의 무리가 나왔다. 여성 하나, 남자가 넷이었다. 특이한 것은 색목인이 둘이나 있다는 점이었다.

처음에는 둘의 모습에 적대감이 확 올라왔다. 당연히 마녀 때문이었다. 무린은 손을 쓸 뻔했다. 하지만 명의 해군 백부장들이라는 조석겸의 다급한 말을 듣고 나서는 겨우 나가는 손을 멈췄다.

둘은 놀라지 않았다.

한두 번 당해본 게 아니어 보였다.

익살스런 색목인의 볼에는 검상이 있었는데, 광검에게 당한 상처라고 했다. 광검도 살려뒀다면, 마녀와는 상관이 없는 이들이었다.

왜국의 무인은 딱 봐도 경지가 상당했고, 요상한 모자를 쓴, 하얀 피부의 색목인 사내도 검을 패용하고 있었다. 명의 인물은 딱 둘이었다.

여인과 묵직하게 생긴 중년 사내.

이 일행을 이끄는 이는 의외로 여인 쪽이었다.

그녀가 일행의 선두에서 항상 있었다. 그렇다고 그냥 세워둔 허수아비도 아니었다. 여인에게는 익숙한 기세가 풍겨났다.

바로 일군을 이끄는 장수의 기세였다.

나중에 조석겸에게 듣기로 여인은 항주에 본거지를 둔 대명 해군의 장수라고 했다. 사내들은 여인을 따르는 이들이고.

인상은 상당히 싸늘한 얼굴이었다.

광검의 여동생인 미오, 그녀와 비교해도 결코 꿀리지 않는, 다른 게 있다면 머리색이 달랐다. 검은색이었으니까.

그리고 길이, 여인은 이옥상처럼 짧은 단발의 머리를 하고 있었다. 검은 복장에 붉은 천을 걸치고 있어 나 대장이오, 하고 광고하는 꼴이지만, 무린은 거기에 신경을 쓰지 않았다.

출항하고 하루에 한 번씩 나오던 여인.

오늘도 어김없이 나와 무린을 찾아왔다.

"괜찮나요?"

"예, 괜찮습니다."

대화를 시작하기 위해 의례적으로 건넨 인사. 저 속에 진짜 걱정이 담겨져 있지 않다는 걸 무린은 알았다.

"오늘로 일주일. 역시 안색이 상당히 좋지 않군요."

여인이 갑판 위를 쭉 둘러보더니 다시 말했다.

그에 무린도 역시 대답했다.

"익숙하지 않을 뿐. 이 정도는 충분히 견뎌낼 겁니다."

"위명이 쟁쟁한 비천대니 이 정도야 당연히 이겨내야겠지요. 하지만 이런 상태로 원하는 바를 이룰 수 있겠나요?"

"상관하실 바는 아닙니다."

"그래요, 상관할 바는 아니죠. 하지만… 저는 당신에게 기대를 걸고 있어요."

"……."

무린은 대답하지 않았다. 다만 여인의 눈을 볼 뿐. 이 여인이 대명의 장수라고 해도 직책은 비슷하다.

아니, 똑같다.

무린 역시 선덕제에게 천호장의 관직을 얻었다. 정오품의 관직이다. 여인 역시 천호장이라고 했다.

둘은 평등한 사이인 것이다.

"우연찮게 보급의 실수로 상산현에 들르지 않았다면 당신을 만나지 않았겠죠. 그러니 예정대로 상산현에서 보급을 마치고 항주로 돌아갔다가 다시 출전했을 거예요. 그랬다면 왜구의 침탈을 더 막을 수 있었을 것이고, 그만큼 대명의 백성을 지킬 수 있었을 거예요. 그럼에도 제가 순순히 화창을 빌려준 이유는 둘. 첫째는 조 선장이 내게 부탁을 했기 때문이고, 둘째는 당신이 근원도에서 원하는 바를 이뤄 중원을 휩쓸고 있는 전화의 불꽃을 잠재워 주길 원해서였어요."

"……."

여인도 대명의 장수.

세상 물정이 어두울 리가 있나. 게다가 그녀가 본기지로 삼고 있는 곳이 항주다.

아직까지도 버티고 있는 대성(大城)중에 하나가 바로 항주.

'하늘에 천당이 있다면, 땅에는 항주가 있다.'

이런 말도 있을 정도로 유동인구가 많다. 상인, 표국, 봇짐상인, 낭인 등등. 전 중원의 소식이 흘러들어 온다고 해도 과언이 아니다. 그러니 그곳에 본기지를 둔 여인이 무린을 모를 리가 없었다.

마녀에 대한 것은 아마 잘 모르겠지만, 상황이 어떻게 돌아가는지는 이미 알고 있는 것이다. 그리고 중요한 인물이라 누구나 입을 모아 외치는 무린이 하는 일이다. 그건 곧 전화의 불씨를 끌 수 있을 거라는 판단을 한 것이다.

그래서 그녀는 조석겸의 부탁을 받아들여, 항주로 바로 돌아갔다가 보급만 바로 하고 다시 나온 것이다.

그것도 기함, 화창에다가 말이다.

여인이 기대하는 것도, 걱정하는 것도 무리는 아니다.

"걱정 마십시오."

"……."

무린의 대답에, 여인은 잠시 무린을 보다가 선원들에게 지시를 시작했다. 점검이었다. 오랜 항해가 될 예정이니… 배는 항시 점검을 해둬야 한다는 게 여인의 지론인 것 같았다. 하루가 다시 그렇게 지나고 다시 해가 떴을 때, 조석겸이 찾아 왔다.

찾았네!

찾았다고!

그렇게 외치면서.

때가 되었다는 마녀의 말이 기억나는 무렵이었다.

第二百十章

근원도(根源島) 三

비천대가 내렸다.

"건승을 빌어요."

여인의 인사가 들렸다.

무린은 고개를 끄덕이는 걸로 대답을 대신했다. 섬에 내리자마자… 전신이 팽팽하게 당겨졌다. 근육, 정신까지 전부. 대답할 상황이 아니었던 것이다. 이는 무린만 느끼고 있었다. 근원도의 흙을 밟자마자 느껴지는 이질적인 기운. 그건 그저 그런 정도가 아니라 굉장히 이질적이었다.

마치 이 세상의 것이 아닌 것 같은 기분.

'이건… 느껴본 적이 있다…….'

그래, 마치…….

그와 같다.

"마녀……."

입술이 열리며, 무린이 느끼는 이 감각이 누구와 비슷했는지를 뱉어냈다. 마녀, 딱 마녀와 비슷했다. 마녀는 인외의 기세를 가지고 있다. 딱 느껴도, 결단코 무린이 단 한 번도 느껴본 적이 없던 감각을 선사했다.

이 섬이 그랬다.

접안하면서 육안으로 볼 때도 이상하다 싶긴 했지만 지면에 발을 대니 그 감각이 극한으로 솟구쳐 올라갔다.

"대주."

장팔의 부름.

무린은 바로 팔을 올렸다.

"은신 후 대기."

"네!"

비천대가 바로 흩어졌다. 물론 각 대원 간 일정한 간격을 두었다. 완전 무장한 비천대가 숲으로 사라지자, 이번엔 백면이 무린에게 다가왔다.

"왜 그러시오? 진 형답지 않게."

"백면."

"말하시오."

"조심해라."

"음?"

"범상치 않다. 기분이… 매우 좋지 않아. 위험한 곳이다.

여긴."
"마군의 기척이 느껴지오? 그렇게 많소?"
무린의 초감각을 아니 물어온다. 백면도 탈각의 경지지만, 무린보다는 떨어지고, 기척 감지는 더욱더 떨어진다. 애초에 무린은 감 쪽으로는 타고났기 때문에 비슷한 경지였을 때도 백면은 감으로는 무린을 당할 수가 없었다.
그러나 무린은 고개를 저었다. 지금 마군의 기척은 느껴지지 않는다. 주변에는 개미 새끼 한 마리 없었다.
진짜다.
벌레조차 없었다.
숲은 조성되어 있지만…….
"생물체가 느껴지지 않는다. 반경 십 장 내외로."
"……."
"맥박이 뛰는 것들이 아무것도 느껴지질 않아……."
무린의 말에 백면과, 조장들, 그리고 남궁유청의 얼굴이 싸늘하게 굳었다. 십 장은 넓은 거리다. 그 안에 생물체가 없다고? 말도 안 되는 소리다. 덩치가 있는 동물들은 잡아먹었다고 치자. 하지만 아무리 그래도 그렇지, 최소한 숨죽인 벌레라도 있어야 정상인 것이다. 그게 정상이다.
그럼 무린이 거짓말을?
설마, 이 상황에 무린이 그런 거짓부렁이를 칠 이유가 하나도 없었다. 그렇다면 진짜라는 소린데…….
"조심해야겠군."

남궁유청이 잔뜩 굳은 목소리로 말하자, 조장들이 전부 고개를 끄덕였다. 무린이 그 말을 바로 받았다.

"당장 대원들 앞에 가서 자리 잡아라. 노사님이 왼쪽, 백면네가 오른쪽이다. 내가 중앙을 맡으마."

네!

하고 조장들이 달려갔다.

"믿겠네."

하고 남궁유청이 사라졌다.

"진 형도 조심하시오."

하고 백면도 사라졌다.

모두가 숲으로 사라지고 나서야 무린은 섬 자체를 눈에 담았다.

그냥… 평범한 섬이다. 주산군도에서 나올 때 수도 없이 봤던 그냥 일반적인 섬. 하지만 그건 외형적인 모습이다.

섬 자체가 풍기는 기세가… 무린의 신경을 마구 자극하고 있었다.

느낌이 왔다.

이곳이…….

무린도 몸을 날려 숲으로 사라졌다.

*　　*　　*

숲으로 들어오자 또 달랐다.

우뚝 솟은 나무도 당연히 생명체다. 그런데 이 나무에서 생명이 느껴지지 않았다.

'단순히 생물체가 없는 게 아니야.'

나무에게서 느껴지는 것은 만들어졌다는 느낌이다. 마치 탁자와 의자를 보고 있을 때 느껴지는 감정이다.

무생물체.

딱 그 느낌이다.

'마치 다른 세상 같군.'

정말 그런 느낌이 든다. 감이 너무나 예민한 무린이다. 게다가 초감각까지 있으니 알기 싫어도 이곳이 현세가 아니라는 증거가 될 정보들이 속속들이 들어왔다.

꿀꺽.

저절로 침이 넘어갔다.

천하의 무린조차 긴장하게 만드는 장소였다. 그렇게 얼마나 지났을까?

약 반 시진 정도 전진했을 때, 무린은 초감각의 영역 끝에 걸려드는 기척을 발견했다. 마군들이었다. 마군들은 움직이지 않고 있었다. 무린이 움직임에 맞춰 알아서 들어왔을 뿐이다.

'알아차렸어?'

처음 초감각의 끝에 걸렸을 때는 고요했다. 하지만 지금은? 사르르 기세가 풀려 나오고 있었다.

처음 느껴보는 기세였다.

얼음장처럼 차가운 기세, 여태 그 어떤 마군들도 보여주지 않았던 기세였다. 무린이 잠시 멈췄다. 그리고 손을 들어 신호를 보냈다. 백면과 남궁유청이 지켜보고 있을 테니 신호는 금세 비천대 전체로 퍼지리라.

신호의 내용은… 교전 준비.

긴장하란 소리였다.

어차피 이제 돌아갈 곳이 없었다. 적의 수는 대략 이백 내외. 문제는 전혀 생소한 마군들이라는 것.

파앙……!

공기가 터지는 소리가 숲의 어둠 너머서 들려오더니, 가장 선두에 있던 마군이 폭사해 들어왔다.

속도는 가히 무린의 극성 무풍형에 버금갈 정도였다. 그러나 그뿐, 무린은 이미 그 마군의 기세가 올라오는 걸 느끼고 있었다. 힘을 응집하고 있었다는 뜻으로 볼 수 있었고, 그래서 무린의 눈빛에는 이미 시린 청광이 머물러 있었다.

타앙……!

무린의 신형도 마주 쏘아졌다.

거리가 급속도로 가까워졌다.

어둠을 뚫고, 푸른 무복을 입은 여인이 툭 튀어나왔다. 바람에 휘날리는 머리카락이 증거다. 체형도 호리호리했다.

처음엔 무표정했던 표정이 무린을 발견하자마자 귀신처럼 일그러졌다.

끼아아악!

뒤따라 귀곡성까지 따라왔다.

검면에 신비(神祕)라고 양각되어 있었다. 그게 곧 이들의 정체였다.

신비검문.

'신비? 저 얼굴이……?'

개소리다.

신비검문이 아니라, 여귀검문이라고 해야 할 것이다. 저 얼굴에 어디가 신비가 있단 말인가. 꿈에 나올까 두려운 얼굴이었다.

가가가각!

새하얀 궤적이 무린을 향해 쇄도했다. 휘두르는 기색은 보이질 않았다. 육안을 넘어선 속도였기 때문에 못 보았고, 무린은 그걸 인지했다. 검기의 쇄도는 빨랐다. 무린은 바로 발을 밟는 위치를 바꿨다.

동시에 상체가 비틀렸다.

사삭.

검기는 허무하게 무린을 스쳐 갔다. 그 순간 여인은 무린의 정면에 도착했다.

쩡……!

공기 터지는 소리에 온 숲이 요동쳤다. 실제로 나뭇잎이 파르르 떨렸다. 무린의 비천신기와 여인의 검에 담겨 있는 내력이 만나 생긴 결과였다.

사사사삭!

그 순간 무린과 여인을 기점으로, 신비검문의 여검수들이 숲을 향해 뛰어 들어갔다. 무린을 온전히 이 여인에게 맡긴 것이다. 그만큼 믿는다는 뜻.

신비검문주일 가능성이 높았다.

들리는 소문에는 신비검문주의 무력은 이제(二帝)와 비견된다 했으니까. 물론 그 이제는 무린, 그리고 광검제 위석호였다.

스가각!

검이 여인의 손에서 빙글 돌더니 무린의 목덜미를 찢으러 왔다.

쩡! 무린의 비홍이 경로를 막았고, 소리가 터지고, 그 뒤에 여인의 검은 어느새 다시 빙글 돌아 무린의 옆구리를 찔러왔다. 손 안에서 검을 돌리는 솜씨가 기가 막혔다. 손목 관절이 굉장히 유연한 것 같았다. 마치 검무같은 모습이었다.

무희의 검무와는 다르게 매우 위험하다는 게 다를 뿐이었다.

쩌엉……!

게다가 내력이 실려 있다.

그것도 손이 짜르르 울릴 정도의 내력이다. 제대로 직격당하면 비천신기로 제아무리 단단한 방어력을 가진 무린이라도 충격을 받을 터였다. 어쩌면 그냥 뚫리거나 갈려 버릴지도. 즉, 직격은 반드시 피해야 했다.

역시 운으로… 포달랍궁을 지워 버린 게 아니었다. 서장에서 개파식을 연 이들이 대체 언제, 어떻게 이곳까지 왔느지는 의문이지만 지금 상황에서는 어차피 무의미하다.

슈악!

무린은 비청을 역수로 쥐었다. 비홍을 단단히 쥔 무린의 신형이 쭉 앞으로 내달렸다.

그그극!

육체의 기본적인 근력, 그리고 비천신기의 내력. 두 가지 전부 무린이 아주 조금이지만 앞서고 있었다.

끼이이악!

귀곡성이 다시 한 번 일어났고 무린의 눈살이 찌푸려졌다. 귀곡성에 실린 내력이 무린의 청각과 심령을 건드렸기 때문이다. 물론 일륜과 이륜이 나서 막긴 했지만 자극을 받았다는 것 자체가 귀곡성 자체가 범상치 않은 기예라는 것을 말해줬다.

그극! 깡!

촤악!

비홍이 여인의 앞섶을 갈랐다. 비홍으로 검을 위로 튕겨내고 아주 잠깐 생겨난 공간으로 넣은 일격이었다. 제대로 갈랐다면 앞섶이 아닌 가슴을 아예 갈라 버렸어야 하지만, 여인은 갈리기 전 하체를 뒤로 쭉 빼냈다.

반사 속도가 좋다.

죽일 수 있을 거라는 생각은 하지 않았지만, 최소 피는 볼 수 있을 거라 생각했다. 통통 두세 걸음 물러난 여인이 자신의 앞섶을 내려다봤다. 나풀거리는 무복의 앞섶을 본 여인의 표정이 아주 당연하게 더욱더 일그러졌다.

이제는 그냥 흉신악살의 표정과 비슷해졌다. 기세도 변하고 있었다. 지독한 원념이 느껴졌다. 신비검문은 더러운 일에 당한 여인들이 주를 이룬 문파라고 들었다. 지금 무린의 행동은 그 기억을 다시금 깨어나게 만들었다.

하지만 무린의 입장에선 신경 쓸 가치도 없는 일이었다.

파렴치하다고? 목숨이 왔다 갔다 하는 이 숲은, 이곳은… 전장이다.

적을 죽이고, 내가 살아남아야 하는 곳.

오직 생존만을 목표에 두고, 할 수 있는 모든 방법을 동원해서라도 살아남으면… 승자인 곳이다.

게다가 무린은 생존 말고도 목표가 하나 더 있다. 그건 반드시 이뤄야 하는 소원에 가깝다. 당연히 무혜의 구출이다.

파렴치하고 나발이고 지금은 그런 걸 따질 때가 아니었다.

슈악! 무린의 신형이 다시금 앞으로 폭사됐다. 극성의 무풍형은 정말 소름끼칠 정도로 빠르다. 계속해서 성장하고 또 성장하는 무린이다. 전투를 치를 때마다 계속.

무풍형도 점점 성장한다.

끝을 모를 정도였다.

남궁중천이 무린에게 전수해 준 무풍형은, 지금 무린을 비천무제로 만들어 주는데 지대한 공헌을 했다.

쩌엉……!

역수로 내려찍히는 비청을 여인이 검을 휘둘러 튕겨냈다. 그 반탄력을 이용해 무린의 신형이 회전했다.

이번엔 비홍이었다. 앞섶을 가른 비홍이, 이번엔 의복 자락이 아닌 피륙을 가르고 말겠다는 필사의 의지를 머금고 빛살처럼 공간을 그었다.

좌악!

핏!

이번엔 베었다.

여인의 회피보다 빠르게 어깨를 베었다. 핏방울이 점점이 툭 튀어 올랐다. 시공이 멈춘 것처럼 느껴질 정도로 느리게 올라간다.

실제로 그랬다.

분출되다가 무린과 여인이 내뿜는 내력에 말린 것이다. 하지만 그것도 잠시, 지이익, 하고 증발해 버렸다.

열기를 가진 내력은 핏방울 정도는 눈 깜빡할 사이 증발시킬 정도였다. 무린은 그 모든 걸 두 눈에 담고 있었다.

초감각.

비천신기 말고 무린이 얻은 또 다른 기예.

사아아아……!

초감각의 영역은 드넓다. 무린의 내력이 버텨주는 한, 계속해서 퍼트릴 수 있다. 물론 내력 소모가 막대해진다. 그리고 뇌에도 압박을 가한다. 지금도 그 상태? 아니었다. 초감각의 영역은 무린을 기점으로 일 장도 안 된다. 오직 지금 이 전투에 집중하고 있다는 상태였다. 그것도 굉장히 집중시켜서.

그래서 무린의 세계는 점점 늦춰지고 있었다.

아주 조금씩이지만, 효과는 톡톡히 보고 있었다. 지금 여인의 어깨를 벤 것도 사실 초감각의 덕이니 말이다.

'속전속결……!'

무린의 마음이 그랬다.

무리를 해서라도 속전속결로 끝내고, 이 섬을 뒤져야 했다. 이미 화창호로 이곳에 올 때 비천대와 얘기는 끝나 있었다.

무린은 개별 행동이다.

오직 무혜를 찾기로 한 무린이었다. 비천대는 백면과 남궁유청이 맡아 줄 것이다. 물론 비천대도 탐색에는 참가한다.

쉬잇!

여인의 검이 살의를 가득 머금고 무린의 심장을 그대로 찔러왔다. 지극히 간결한 동작이다. 쓸데없는 동작이 없다는 소리다. 그래서 그런지… 지독히도 빨랐다. 무린이 초감각에 세계에 있지 않았다면 감으로 겨우겨우 피해야 했을 정도였다.

아니, 어쩌면 막지도, 피하지도 못했을지도.

하지만 지금은 여유가 있다.

초감각 속에서 세계가 조금씩 느려진 탓이었다.

무린은 승부를 걸었다.

빛나는 청광.

텅……!

무린은 비홍으로 툭 쳐냈다. 검의 궤적이 변했다. 무린의 심장을 향해 직선으로 오고 있던 검이 슬쩍 옆으로 밀리고, 겨드랑이 쪽으로 흘러갔다.

여인이 앞으로 나온 오른 발을 강하게 내려찍으며 찌르기를 멈추려 했다.

육체에 제동을 걸려 한 것이다.

아마 본능적으로 위험하다는 것을 느낀 것 같았다.

하지만…….

'늦었어.'

기이잉……!

비천신기가 울었다.

이미 극한으로 돌고 있지만, 거기서 좀 더 회전 속도를 올렸다. 과부하가 걸려도 이상하지 않을 정도까지 느리지만 점차 회전계수가 올라갔다.

그렇게 올라간 비천신기가 무린의 하체로 흘러들어 갔다. 목적지는 발바닥의 용천혈. 그곳에 당도한 비천신기는 살포시 무풍형의 구결 속에 몸을 맡겼다.

파악!

지면이 터져 나가면서 무린의 신형이 폭사됐다.

쩡……!

여인의 가슴에 그대로 어깨를 들이박는 무린. 퍽 소리가 아닌 걸로 보아 여인도 급히 내력을 돌린 것처럼 보였다.

타격을 입지 않았나?

그럴 리가, 인상이 확 일그러지며 입을 다물어갔다. 속에서부터 뭔가가 끓어오르는 것이다. 피의 역류였다.

비천신기의 강대한 내력이 가득 담긴 어깨치기다. 멀쩡할 리가 없었다. 만약 멀쩡하게 받아냈다면, 무린은 애초에 상대도 안 됐을 것이다. 하지만 타격을 입었다는 반대로 무린의 아래라는 뜻이다.

하수에게 이런 치명적인 일격을 허용하는 고수는 없으니까.

그것도 탈각의 무인들 간의 싸움에서 말이다.

그리고 무린의 어깨치기가 만들어낸 건 여인의 내부를 진탕한 것만이 아니었다. 여인의 신형이 붕 떠 뒤로 날아가기 시작했다. 힘 자체를 해소하지 못해 신형이 일순간 붕 뜬 것이다. 물론 탈각의 무인이라면 강제로 막을 수 있다.

하지만 무린은 그 틈을 줄 생각이 없었다.

분명 말했다.

승부라고…….

파악!

무린의 신형이 다시금 앞으로 쏘아졌다.

쩡!

쩌정!

찌르고, 찍고.

순식간에 이연격이 지나갔다. 여인은 그 순간에도 용케 막아냈다. 검을 회수할 틈이 없으니 그냥 수도로 무린의 창을 쳐낸 것이다. 하지만 그래서 피가 또 터졌다. 비천신기가 가득한 비청과 비홍을 손으로 막아?

미친 짓이다.

여인의 내력이 강했기에 그냥 피만 튄 거지, 만약 조금이라도 모자라면 피 대신 손 자체가 날아갔을 것이다.

여인은 입술을 꽉 깨물었다. 무린을 지독한 눈빛으로 쏘아보고 있지만, 상체는 좌우로 흔들렸다. 시각적 여유가 없다는 걸 안 것이다. 중심을 잡을 틈이 없다는 건 치명적이다. 어느 정도냐면…….

샤샤샥!

쩡! 쩌저적!

여인의 검에 금이 갔다.

본인의 무기조차 지키지 못하게 만들기 때문이다. 무린은 앞으로 더 나섰다. 쭉쭉 나서서 여인의 지근거리까지 도달했다. 숨결이 느껴질 거리.

여인의 얼굴이 풀렸다.

푸우욱…….

심장을 아무런 저항 없이 뚫고 들어오는 차가운 날을 느꼈기 때문이었다. 귀신, 야차처럼 일그러져 있던 표정은, 자신의 마지막이 온 순간에야 풀렸다. 얼마나 많은 원념이 쌓이고 쌓여야 이 여인처럼 표정을 지을 수 있을까?

모른다.

푹.

창날이 쑥 빠져나왔다. 창날이 빠지자 여인은 그 자리서 허물어졌다. 꿈틀거림도 없었다. 그대로 편안하게, 대자로 누워 생을 마감했다.

"후우……."

멈춰놨었던 호흡을 재개하자 신선한 공기가 유입되며 오그라들었던 폐를 다시금 원상태로 되돌렸다.

강했다.

여인은 정소민보다는 아래였지만, 충분히 강하다고 할 수 있었다. 하지만 아무런 감흥도 없었다. 여인의 숨통을 끊은 후 무린이 가장 먼저 한 것은 호흡이었고, 이후 다시 초감각을 확장했다.

신비검문과 비천대의 전투가 무린의 격돌을 기점으로 시작됐다. 숲은 비명을 지르고 있었다. 곳곳에서 터지고, 찢어지고, 뚫리고, 갈리는 소리가 들렸다. 비명도 들렸다. 하지만 비명은 거의 찢어지고 가는 음색의 비명들이었다.

비천대가 신비검문을 압도하고 있었다.

비천대는 강하다.

말을 탔을 때는 그 어떤 적도 무섭지 않을 정도다. 하지만 말에서 내려도 비천대는 여전히 강하다.

경험, 경험 때문이었다.

비천대는 북방에서 정말 거의 모든 전장을 경험한 이들이다. 육지의 특성상 수전만 경험이 없을 뿐이지, 땅 위에서 치러지는 거의 모든 전투에서 살아남은 이들.

숲?

지긋지긋할 정도로 경험이 많았다.

척후, 탐색, 기습하기 딱 좋은 곳은 넓은 평야, 그리고 숲이었다. 왜 그러냐고? 숲은 정말 작전을 쓸 게 너무나 많기 때문이다. 화공부터 시작해서 정말 끝이 없을 정도다. 그런 모든 방식을 겪은 비천대다.

지긋지긋하게 누적된 경험은 결코 사라지지 않는다. 몸속에, 뇌리 한구석에 있다가 상황이 딱 다가오면 알아서 일어난다. 적응기간?

비천대가 소집된 지 벌써 몇 년이 흘렀다. 적응 기간 따위는 조금도 필요하지 않았다. 조용한 살인귀가 된 비천대원들은 무섭다.

정말 끔찍할 정도로.

단순히 기마대라 생각하면 정말 큰 오산인데, 신비검문은 그대로 달려들었다. 쪽수를 믿었나? 아니면 자신들의 강함을?

어느 쪽이든 실수였다.

먼저 가시오……!

쩌렁!

산천초목이 벌벌 떨, 패도적인 사자후가 터졌다. 누구의 목소리인지는 금방 알 수 있었다. 백면, 그가 무린의 전투가 끝난 것을 알고 사자후를 터트린 것이다. 이미 약속되어 있었지만 무린은 머뭇거리고 있었다.

하지만 전투의 상황은 유리하다.

게다가 든든한 백면의 외침.

무린은 머뭇거리던 마음을 털어내고, 그대로 몸을 날렸다.

*　　*　　*

이 섬은… 역시 이상했다.

'크지 않았는데…….'

무린의 얼굴은 한껏 찌푸려져 있었다. 달리고 또 달려도 숲이 끝나질 않았다. 벌써 이각 이상은 달린 것 같았다. 무린의 무풍형은 빠르다. 이 정도면 섬의 끝까지 도착하고도 남을 거리였다. 그런데도 숲조차도 끝날 기미가 없었다. 계속 우거지고, 계속 어두웠다. 혹시 몰라 달리면서 표시도 해놓았다.

뭔가 마녀가 해놓은 짓에 빠진 게 아닌가 싶어서였다. 그리고 정확히 일자로 달렸다. 무린이 해놓은 표식은 나오지 않았다. 혹시 지나쳤을까? 설마 그럴 리가 없었다. 무린은 달리는 와중에도 시야에 들어오는 그 어느 것도 놓치지 않고 있었다.

그렇다면 경로가 틀어졌을까?

당연히 그것도 아니었다.

무린이 그런 실수를 할 어중이떠중이가 아니었다. 무린은 정확하게 일직선으로 달렸다.

'근데 왜 숲이 끝나질 않지?'

설마 섬의 뒤로 길쭉하게 더 있던 것일까?
당연히 아니다.
육안으로 봤을 때 그런 기미는 아주 조금도 없었다. 그리고 그럴 리도 없었다. 섬이 기형적으로 쭉 늘어서 있다?
당연히 이것도 말도 안 되는 소리.
무린은 일단 멈췄다.
더 이상 달리는 건 의미가 없었기 때문이다. 일단 멈춘 무린은 비천신기의 회복을 중점에 두고 일단 휴식을 취했다. 신비검문주라 생각되는 여인과 싸움에 상당한 소모가 있었다. 더 늦기 전에 회복을 해두려는 심산이었다.
물론 그러면서도 사고는 계속해서 이어나갔다.
'이질감의 정체가 이거였나?'
끝나지 않는 숲.
절대로 현세에는 존재할 수 없는 상황이다.
하지만 분명히 현실에서 벌어난 일이다. 그럼 이걸 가능하게 만드는 게 있다면… 역시 하나밖에 없다.
'진……?'
이제는 사라진 진(陣). 혹은 진법(陣法).
오행을 다뤄 신묘한 술수를 부린다는 옛 고서에나 등장하는 기법이다. 가장 잘 알려진 것은 역시 삼국시대 등장했다던 팔문금쇄진(八門金鎖陣), 촉한(蜀漢)의 무후(武侯) 제갈량의 팔진도(八陣圖)다.
'무신은 무후를 만났다고 했었다. 그렇다면 진의 존재 여

부는 거짓이 아닌 참에 가까웠겠지. 게다가 천기를 짚는 방법도 배웠다고 했으니.'

무신의 말이 진실이라는 가정 하지만, 무린은 무신의 말을 믿었다. 그가 무린에게 거짓을 말할 이유도 없고, 더 나아가 그 말이 무린은 거짓이라 느껴지지 않았다.

'그렇다면 경솔하게 움직여서는 안 된다. 진이라면… 생문을 찾아야 해.'

생문(生門).

그 옛날 팔진도, 팔문금쇄진에서도 생문은 있었다. 생문이 없는 진법은 없다고 해도 과언이 아니었다.

전부가 흉해도, 복은 있어야 조화가 맞는 법. 이렇게 말했던 문인의 말도 떠올랐다. 하지만 아쉽게도… 무린은 진법에 대해서는 문외한이었다. 어려서부터 호연화에게 글과 학문은 배웠지만, 그 안에 진(陣)에 대한 공부는 없었다.

'돌겠군…….'

여기서 막히나?

이렇게……?

섬까지 도착해서?

짜증이 확 일어났다.

그때였다.

꿈틀, 꿈틀꿈틀.

뇌리를 간드러지게 하는 뭔가의 움직임.

'음……?'

그 순간 의문이 느껴졌다. 뭐지? 쿡쿡 찌르는 것 같은 기묘한 뭔가가 머릿속에서 느껴졌다. 비천신기가 역회전을 시작했다.

회복이 아닌, 소모로 이어지면서 비천신기 속 이륜공이 급히 움직였다. 하지만 뭔가가 제대로 느껴지는 것은 없었다.

뭔가 이질적인 것을 찾지 못한 것이다.

하지만 여전히 뇌리는 간질거렸다.

쿡쿡, 쿡쿡쿡.

'음…….'

무린은 시선을 이리저리 돌렸다.

뭔가 다른 존재가 요사스러운 짓을 하는 게 아닌가 싶어서 나온 행동이었다.

쿡.

시선을 돌리는 와중에 갑자기 간질거리는 느낌과는 다른 느낌이 들었다. 툭툭 치는 게 아닌, 꾹 누르는 것 같았다.

눈치가 좋은 무린이다.

이 요상한 상황의 의미를 금방 파악할 수 있었다.

'가야 하나…….'

무린은 고정된 시선의 방향을 모면서 눈살을 찌푸렸다. 지금 이 상황이 무린의 착각일 가능성이 매우 높다.

하지만 감이 움직이고 있었다.

믿으라고.

"후우……."

각성을 통해 본질을 어느 정도 되찾은 무린, 숨어 있던 승부사 근성이 눈을 떴다. 그 승부사 기질도 지금 움직이고 있었다.

가라고.

저리로.

'믿어주지.'

무린은 결국 믿기로 했다.

비홍으로 나무를 쭉 그었다. 표식이었다. 뒤따라올 비천대를 위한. 그 직후 무린의 신형이 쭉 늘어났다. 잔상이 일어날 정도로 급작스러운 무풍형의 전개였다. 경로를 바꿔 달리기 시작한 지 일각.

'맞았군…….'

뭔가 변한다.

이질적인 느낌들이 조금씩 걷혀지고 있었다. 생기가 느껴지지 않던 숲이 조금씩, 아주 조금씩이지만 생기가 느껴지기 시작했다. 하지만 그래봐야 미미했다. 사람으로 따지면 숨이 완전히 넘어갔을 때, 바로 그 직후다. 온기가 아직 남아 있는 상태 말이다. 물론 지금은 그 반대긴 하다. 죽음에서의 회생, 생기는 점차 강해진다.

마치, 무린이 겪었던 회생처럼.

무린은 경공의 속도를 늦췄다. 길을 찾았다. 마음의 평정을 다시금 찾았다. 조급한 상황이지만 그럴수록 무린은 더욱 더 냉정해지려 애썼다.

그렇게 달리기를 반의반 시진. 드디어 숲이 끝났다. 따사로운 햇살 대신 무린을 반긴 건 어둠이었다. 숲은 끝났지만 이미 해가 진 것이다. 하지만 강대한 비천신기 덕분에 육안으로 사방의 확인은 가능했다.

'산.'

어둠 속이지만 아주 똑똑히 보였다.

숲이 끝나고 나타난 평야, 그리고 그 뒤에 분지를 머금은 산이 말이다. 조석겸이 보았다는 게 바로 저기였다.

거대한 분지가 있다고 했다.

섬의 크기, 산의 크기, 높이로 보아 거대하지는 않을 것 같았지만 그래도 지금 당장은 저곳밖에 찾아볼 곳이 없었다.

무린은 천천히 산을 타기 시작했다.

산은 평범했다.

이제야 중원의 산처럼 생기가 느껴지는 산이었다. 근데 이상하게도 오히려 생기가 느껴지는 게 뭔가 불안했다. 이 섬 자체가 범상치가 않다. 그런데 이곳만 생기가 돈다고? 말이 안 되는 일이다.

비정상.

'하긴, 그러니 마녀가 이곳으로 잡았겠지…….'

마녀가 이곳에 있는 이유, 그 이유를 머금은 섬, 애초에 비정상이라도 결코 이상하지 않았다.

산은 높지 않았다.

중원 어디서나 볼 수 있는 산의 딱 두 배 정도.

일류의 무인이라도 대놓고 달린다면 일, 이각이면 정상에 도착할 수 있는 높이었다. 근데 무린은 일류를 아득히 넘는다. 일각은커녕, 반각도 채 되지 않기 전에 무린은 정상에 도착했다. 그리고 무린은 드디어 볼 수 있었다.

분지 중앙의 마녀와…….

무혜를.

第二百十一章 최후의 전투(最後戰鬪)

무린은 천천히 분지 아래로 걸어 내려갔다. 이상하게도 마음이, 뜨겁게 달구어져 있던 분노가 파삭 깨지면서 식어버렸다. 그 자리를 대신 차지하는 건 냉정한 이성. 저벅저벅 걸어 내려가는 무린은 동생에게서 시선을 떼지 못했다.

무슨 짐짝처럼 바닥에 엎어져 미동도 없는 무혜다. 초감각을 통해 무혜의 숨결이 느껴졌다. 아직은 무사했다.

그냥 기절해 있을 뿐이었다.

무혜의 몰골은 깨끗했다.

의복, 피부, 머리까지 전부 깔끔한 상태였다. 다만 복장은 달랐다. 무혜는 납치당하기 전 칙칙한 흑의를 입고 있었다. 비천대와 똑같은 복장이었다는 소리다. 하지만 지금은 새하얀 백의다. 하늘거리는, 기루의 기녀가 입을 법한 복장이었다. 속살이 비칠 정도로 얇은 면사로 만들어진 의복.

무혜가 알아서 챙겨 입었을 리는 없고, 필시 마녀가 갈아입힌 게 분명했다. 약 이십 보 거리의 정면에서 걸음을 멈춘 무린.

그제야 마녀의 모습이 눈에 들어왔다.

예전 비천성에서 봤을 때와 똑같은 복장을 하고 있는 마녀였다. 일체형처럼 보이는 갑주. 서양의 기사들이 입는다는 갑옷이었다.

한 손에는 언월도를 들고 있었다.

관평이 쓰던 마상언월도와는 달랐다.

길이는 비청과 비홍을 합친 것쯤 되어 보였다.

날은 정확히 반월형이었고, 특이한 건 쇠 자체가 칙칙한 묵색이라는 점이었다. 아니, 그 안에 불그스름한 기가 번들거리고 있었다.

요사스러운 기운이 느껴지는 마녀의 언월도였다.

마녀가 싱긋 웃었다.

"역시 잘 찾아왔군. 요한."

"동생은 놓아주지?"

"요한, 아직 끝난 게 아니야."

"목적은 나 아니었나? 내가 왔다. 그럼 이제 동생은 당신에게 필요 없을 텐데?"

"후후후."

무린의 말에 마녀는 나른한 웃음만 흘렸다. 무린은 저 웃음이 싫었다. 이상하게 자꾸 마음을 자극하고 있었기 때문이다. 마녀가 웃음을 멈추더니 무린을 불렀다.

"요한."

"진무린이다."

"기억나나?"

"뭐……."

무린은 뭘 기억나냐 되물으려다 멈췄다. 마녀의 손짓에 주변의 풍경이 변했다. 정확하게는 마녀의 뒤에서 없던 것이 생겨났다. 하얀 석조 기둥으로 이루어진 건축물이었다. 중원의 법식과는 완전히 다른 형태였다. 그래서 중원 땅 위에선 절대로 볼 수 없는 건축물이다.

갑자기 생겨난 건축물에 무린은 놀라기보다 눈살을 찌푸렸다. 아니, 찌푸린 정도가 아니라 아예 일그러졌다.

기억나냐고?

'저게 왜 여기에……?'

쿵, 쿵쿵, 쿵쿵쿵!

심장 박동이 빨라지기 시작했다. 저 건축물은 이곳에 있어서는 안 되는 건축물이다. 왜냐고? 지잉, 지이잉…….

뇌리가 지끈거렸다.

수면 아래 있던 기억이 툭 하고 튀어 올라왔다.

"어째서… 저 건물이 이곳에 있지?"

"내가 설마 이 섬에 심심해서 당신을 오라고 했겠어?"

"……."

후후후.

무린이 입을 다물자 마녀가 다시 웃었다. 마녀의 눈빛 속에 들어 있는 감정은 명확했다. 희열, 드디어 때가 왔다는 사실에 느끼는 희열로 느껴졌다. 무린은 입술을 살짝 깨물었다. 뭔가 해야 되는데…….

'할 수 있는 게…….'

없었다.

무력 차이도 무력 차이지만, 무혜가 인질로 잡혀있는 게 결정적이었다. 무린에게 원하는 게 있으니 아직까지 무혜를 살려뒀겠지만, 그렇다고 안심하고 덤벼들 수 있는 상대가 아니었다.

마녀는 무린보다 강하다. 지금의 무린은 상대조차 안 될 것이다. 그런데 봐라, 마녀는 자신이 원하는 것을 확실하게 얻으려고 무혜를 인질로 잡았다. 완벽하게 끝내고 싶은 것이다. 힘 차이가 그렇게 나는데도, 조금의 변수도 만들지 않으려는 치밀함을 보였다.

납치라는 비열한 방법까지 써서.

무린이 아는 마녀는 원래 기사였다.

이곳의 말로는… 협, 협을 중시하는 게 기사다. 물론 완전히 같지는 않지만 따져 보자면 협의를 지키는 게 바로 기사.

그런데 납치를 했다.

기사라면… 절대 하지 않을 일까지 저지른 것이다. 물론 태초부터 살아오며 그 기사도가 희석되었을 수도 있지만, 불의를 보면 참지 못하던 기억 속의 마녀와는 완전히 달랐다.

"원하는 게 뭐지……?"

"후후, 후후후… 이제야 말이 통해. 요한."

"들어주지. 무혜를 풀어준다면……."

"후후, 후후후. 하하하하……!"

무린의 말에 마녀가 대소를 터트렸다. 희열이 가득 차 있는 그 웃음에 무린의 표정은 딱딱하게 굳어갔다.

굴복?

맞다, 굴복.

하지만 무린은 지금 할 수 있는 게 없었다. 완벽하게, 정말 아무것도 할 수 없었다. 무린이 움직여 무혜를 구하는 게 빠를까, 아니면 마녀가 무혜를 헤치는 게 빠를까? 깊이 생각하지 않아도 답은 너무나 명확했다.

후자다.

십 중 십의 확률로 후자의 결과가 나올 것이다. 지금 무린이 마녀보다 앞서는 건 아무것도 없었다.

무력, 지력으로 이미 졌다.

게다가 인질까지. 이런 상황인데 할 수 있는 게 있나. 그렇다면 무린은 일단 무혜부터 구하기로 했다.

마녀가 뭘 원하는지는 정확히 모르지만… 예상은 하고 있었다. 비천신기.

'흡수?'

아닐 것이다.

흡수였다면 마녀는 굳이 무혜를 납치할 필요가 없었다. 그냥 무린을 제압하고 비천신기를 흡수하면 될 테니까.

일단 굳이 이곳에 무린을 오게 했다는 점에 주목해야 했다.

'온전한 비천신기의 힘?'

그럴싸했다.

정답이 아닐지도 모르지만, 지금 생각나는 건 그것뿐이다. 스르륵, 바닥에 쓰러져 있던 무혜가 저절로 둥실 떠올라, 창을 쥐지 않은 마녀의 손에 목이 턱 하고 들어갔다.

기사(奇事)였다. 탈각을 넘은 무린조차 할 수 없는 기예다. 이걸로 무린과 마녀의 경지 차이는… 아득하다. 만장단애. 그걸로 표현할 수 있을까?

부질없는 따짐이었다.

그냥 상대도 안 된다, 이걸로 설명은 끝이다.

"따라와, 요한."

그 말을 남기고 마녀가 무혜의 목을 잡고 등을 돌려 석조건축물로 걸어갔다. 계단을 걸어 정상에 도착하기 전, 다시 한 번 고개를 돌려 의미심장한 미소를 무린에게 던졌다. 마치 안 오고 뭐해? 그렇게 말하고 있는 것 같았다.

"……."

빌어먹을…….

빌어먹을, 빌어먹을!

욕지기가 마구 가슴속 깊은 곳에서부터 올라왔다. 하지만 무린은 그것조차 내뱉지 못했다. 본인이 무능해서 생긴 일이기 때문이다.

이윽고 마녀의 모습이 사라졌다. 건축물 깊숙한 곳으로 간 것도 아니었다. 충분히 보일 수 있는데, 마녀의 모습은 온데간데없이 사라졌다. 그런데 그게 그다지 놀랍지도 않았다. 갑자기 나타난 건축물이다. 그러니 갑자기 사라진다고 해도 크게 이상하게 다가오지도 않았다. 오히려 마치 당연한 일처럼 느껴질 정도였다.

후우…….

심호흡을 한 번 했는데도 발이 떨어지질 않았다. 하지만 그래도 무린은 억지로 발을 뗐다. 마녀를 따라가는 일, 그게 어떤 결과를 불러 올지… 무린은 알고 있었다.

세상의 파멸.

근원의 파괴.

천지의 번복.

온갖 삿된 것들이 튀어나온 세상이 될 수도 있었고, 하늘과 땅이 뒤집힐 수도 있었다. 눈과 귀로 숨을 쉬고, 코로 먹고, 입으로 소리를 들게 되는 세상이 올지도 몰랐다. 물론 전부 예상해 봤던 것들이라 실제로 어떤 일이 벌어질지 장담할 수는 없는 상태지만, 무린은 확신했다. 자신이 마녀를 돕는 순간…….

결코 아름답지 못한 세상이 펼쳐질 것이라는 걸.

마녀를 따라가는 건 그런 세상을 도래시키는 도화선에 자신이 직접 불을 붙여 버리는 꼴이지만… 무혜가 끌려갔다.

안 갈수도 없는 상황이다.

무린에게 가족은 그 무엇보다 우선되니까.
겨우 한 걸음을 내딛었다.
그때.
"진 형!"
분지 위에서 자신을 부르는 소리가 들려왔다. 초감각을 자신의 주변 반경 몇 장에만 집중시키고 있었던 지라 반사적으로 자신을 부르는 소리가 들려온 곳으로 고개가 돌아갔다. 비천대가 달려오고 있었다.
분지를 달려오는 비천대의 숫자를 무린은 본능적으로 셌다.
"……."
후우…….
울컥, 올라오는 분노.
신비검문과의 전투로 비천대의 수는 또 줄어 있었다. 대략 이십 가까이. 이제 수는 겨우 육십도 채 안 됐다.
빠르게 다가온 비천대.
"군사는 어디 있소?"
"……."
무린은 대답 대신 턱짓으로 건축물을 가리켰다. 그러자 만났소? 하고 백면이 되물어왔다. 그에 무린은 고개만 끄덕였다.
"저 안에 마녀가 이 일을 벌여서까지 원하는 게 있겠군."
"아마 그렇겠지요. 후우……."
남궁유청의 말에, 백면이 대답했다.

무린은 둘을 보며 말했다.

"혜아를 살리려면 내가 내려가야 한다. 백면, 노사님, 건축물을 지켜주십시오. 적은 무조건 척살입니다. 아군이라면… 두 사람이 알아서 판단해서 내려보내 주십시오."

"알겠네. 근데 혼자 괜찮겠는가?"

"예, 여러 사람이 가는 건… 의미가 없습니다. 마녀의 무력은 온전한 비천대에 광검제, 소향 일행이 전부 덤빈다고 해도 넘지 못할 것입니다."

"……."

애초에… 인세에 있어서는 안 될 존재다.

신, 민속 신앙에 나오던 신적인 존재들이라고 해도 마녀를 제압할 수 있을까? 무린은 그조차도 장담할 수 없었다.

"알겠네. 내 단단히 이곳을 지키지."

"부탁드립니다."

"약속 하나 해주게나."

"말씀하십시오."

남궁유청의 굳은 얼굴로, 무린을 보며 너무나 진중한 목소리로 다시 입을 열었다.

"꼭… 같이 돌아와 주게나."

"……."

너무 진심 가득한 부탁이라, 일순 말문이 턱 하고 막혀 버렸다. 그래서 무린은 그 말에 말로 대답할 수 없었다.

그저, 고개만 겨우 끄덕였을 뿐이었다.

분위기가 갑자기 축 처졌다.

"갔다 오마."

그래서 무린은 그 말을 남기고, 건축물로 훌쩍 몸을 날렸다. 계단 위에 딱 내려서는 순간… 무린의 모습은 비천대의 시선에서 사라졌다.

*　　*　　*

완전히 다른 세상이다. 석조 건축물이라 기둥 사이로 주변 풍경이 전부 보였었는데, 안으로 들어서자 풍경은 사라지고 무린도 익히 알고 있는 공간의 모습이 나왔다. 정확히는 각성을 통해 얻은 기억 속에 있던 공간의 모습이다.

이 세상에서, 무린에게 이런 곳은 처음이다.

"왜 사막 신전의 모습이……."

하지만 느껴지는 감정은, 당혹스러웠다.

무린은 안다.

이곳에서 무슨 일이 벌어졌는지…….

대사막의 신전.

이곳은 최초로 공간이 찢어진 장소다.

마녀가 바로잡고 싶어 하는 비틀림의 시작인 장소, 근데 그게 이곳에 있다? 이건 이제는 웬만한 일은 그냥 무덤덤하게 넘길 수 있는 무린조차 당황하게 만들었다.

더 들어와, 요한.

우웅…….

공간가득 울려 퍼지는 목소리. 당연히 마녀의 목소리였다. 공간 전체에 풍성하게 퍼지는 소리였다. 마녀는 무린이 안으로 들어온 것을 알고 있었고, 더 내부로 들어오길 종용하고 있었다. 가면 안 된다. 당연히 가면 안 되지만, 무린은 가야만 했다.

"후우……."

이를 악문 무린이 걸음을 떼기 시작했다.

어디로 오라고 하는 건지는 알고 있었다. 이 역시 기억 속에 있었다. 신전의 지하, 최하층이다. 공간, 차원을 찢어버린 폭탄이 수십 개가 터진 곳, 하나만 있어도 웬만한 성은 날려버릴 폭탄의 봉인이 모조리 풀린 곳.

마녀는 그곳에 있었고, 무린을 그곳으로 오라하고 있었다.

신전의 안으로 더 들어가는 무린. 지하로 내려가는 계단은 내부 끝에 있었다. 긴 회랑(回廊)의 형태를 띄고 있지만, 돌고 돌다 보면 결국은 끝에 도착한다. 그리고 거기에 나선형 계단이 있다. 그 계단이 지하로 내려가는 유일한 길이었다.

"아……."

계단에 도착한 무린은 낮은 탄성을 흘렸다.

지잉거리는 머릿속, 진에 갇혔을 때 느꼈던 그 감각이다. 그런데 이번엔 정말 아플 정도로 찌르고 있었다.

마치 가지 말라는 것처럼 느껴졌다.

내려가면 위험하다고.

그곳은 당신의 끝이 기다리고 있다고.

그렇게 발악하듯, 외치는 것 같았다.

필사적으로 무린을 멈추려고 하는 '뭔가'를 무린은 어렴풋이나마 눈치채 버렸다.

"아아… 그런가."

당신인가.

지잉…….

피식, 무린은 웃었다.

"끝이……."

외롭진 않겠구나.

이 상황을 설명할 수는 없었다.

왜?

불가해(不可解).

고대에 만들어져, 지금도 어떤 법칙으로 이런 현상이 가능한지 그 누구도 풀지 못한 신비니까.

무린은 계단의 아래로 한 걸음을 뗐다. 그러자 체념했는지, 무린을 말리던 감각이 멈췄다. 그저 고요했다. 사라진 건 아니고 잠잠해져 있었다. 이 공간의 특성 때문인지, 멈춘 감각임에도 미약하게나마 느껴졌다.

계단은 나선형, 아래를 내려다봐도 칠흑의 어둠만 보일 뿐, 끝이 어디인지는 가늠할 수 없었다. 하지만 무린은 안다. 이 계단은 길지 않았다.

원하는 목적지를 생각하면서 가면, 알아서 다 내려올 때쯤 계단은 사라지고 다시금 거대한 신전의 지하 공동이 나타난다.

기억 속에서는 그랬다. 수십 명의 초인(超人)이 그렇게 내려갔었다. 총 다섯 개의 무리였다. 불쑥 떠오른 기억에, 무린은 다시금 씁쓸한 미소를 입가에 그렸다.

'모두… 떠돌고 있겠지.'

그때의 비틀림은, 그 공간에 있던 자들을 단 한 명도 남겨두지 않고 삼켜 먹어치웠으니까.

전쟁을 이용해 돈을 벌어 고아들을 먹여 살리던 전쟁상인과 그의 동료들, 척박한 북방에서 넘어온 철혈의 전사와 그의 동료들, 줄줄이 광기를 흘려 정신 이상에 걸린 건 아닌지 의심스럽던 제국의 광견과 그의 동료들, 광검제와 그의 동생, 마녀와 북원의 전신까지 전부.

그리고…….

'나와 우리도…….'

모두, 모두가 비틀림 속에 삼켜졌다.

이곳이 그럼 종지부?

설마.

절대 그럴 리가 없을 것이다.

탁.

생각이 끊어졌다.

계단이 끝났기 때문이었다. 주변 풍경이 혹 변했다. 벽, 계단, 어둠이 사라지고 야광석이 촘촘히 박혀 은은한 빛을 머금고 있는 공간에 도착한 것이다. 거대한 공동이었다. 얼마나 넓은지 석조 기둥 사이로 어둠만 보일 뿐, 공간의 끝을 장식해야 할 벽이 아예 보이지도 않았다.

"역시 잘 찾아오네? 후후."

"……."

저 끝에서 기억 속, 광기 어린 제국의 황제가 서 있던 곳에 마녀가 서 있었다. 그리고 그 옆 철제로 만들어진 의자에 무혜가 앉아 있었다. 무혜는 깨어서 조금 피곤한 기색의 눈빛으로, 입술을 꽉 깨물고 무린을 보고 있었다.

저벅, 저벅저벅.

무린은 다시 마녀에게 걸었다.

이번에도 거리는 이십 보.

무린은 무혜를 살폈다. 안색이 좋질 않았다. 피부는 하얗게 질려 있었고, 입술은 푸르게 변색되어 있었다.

추위?

지하라 그런지 내부의 공기는 싸늘하기 그지없었다. 무린이나 마녀에게는 전혀 영향도 주지 못할 추위지만 무혜는 아니었다. 그 흔한 토납법 하나 익히지 않은 무혜다. 이런 추위를 그녀가 버틸 수 있을 리가 없었다. 그 증거로 무혜는 전신을 부르르 떨고 있었다. 입술을 꽉 깨문 것은 추위를 견뎌내기 위한 필사의 발악이었다.

자세히 안 봐도 무혜의 현 상황이 보였다.

무린의 마음속에서, 조마심이 슬그머니 머리를 들었다. 더 이상은 무혜의 건강을 직접적으로 해칠 가능성이 너무나 컸다.

"말했던 대로 왔다. 이제 무혜는 풀어주지."

"요한, 당신이 가족을 생각하는 마음은 정말 그곳에서나 이곳에서나… 변함이 없구나."

"쓸데없는 소리 집어치워……. 대화를 하고 싶다면 무혜를 풀어주는 게 먼저다."

"미안하지만 아직은 힘들어."

"유라. 당신… 이것밖에 되지 않았나? 납치라는 비열한 방법을 쓴 것도 모자라, 이제는 스스로 내뱉었던 말도 지키지 않는 건가?"

"후후, 후후후……."

무린의 말에 마녀는 그저 웃었다.

그에 무린의 인상이 팍 찡그려졌다.

"당신의 기사도는 이 정도까지 추락한 건가? 정말… 기억 속에 있는 기사왕이, 당신이 맞나?"

"그만."

기사왕.

그 단어가 나왔을 때 마녀의 나른한 웃음이 씻은 듯 사라지고, 대신 자리 잡은 것은 분노였다. 그 단어에 분노를 품고 있다? 이유는 궁금하지 않았다. 하지만 무린은 말은 멈췄다. 스르륵 움직인 마녀의 언월도가 무혜의 목으로 향했기 때문이다.

목에 닿지도 않았는데 무혜의 목 피부가 베여, 붉은 피가 주르륵 흐르기 시작했다. 그에 무린의 몸이 앞으로 뛰쳐나갔다.

참지 못한 것이다.

쩌엉……!

그러나 무린은 도로 튕겨져 나왔다. 마녀의 단 일 수, 가볍게 휘젓듯이 나온 일 수에 포탄이라도 맞은 것처럼 날아갔다.

쿵, 쿵! 쿵쿵!

육체를 제어조차 못할 정도로 거대한 힘이 온몸을 뒤흔들었다. 쿨럭! 바닥에 몇 차례나 튕겼다가 겨우 멈춘 무린의 입에서 피가 튀었다.

단방에 내상은 입은 것이다.

기이이이잉……!

비천신기가 살려고 발악을 하고 있었다. 주인의 육체가 정도 이상으로 무너지자, 회복을 위해 본능적으로 움직이는 것이다.

"컥, 커윽……."

피가 울컥 솟아나왔다. 미처 통제도 못할 정도다. 역류를 막을 정도의 능력은 충분히 있지만, 마녀의 일격은 그 능력을 넘어선 타격을 준 것이다. 그저 손 휘젓는 것처럼 보인 간단한 일격이 말이다.

충격은 머리부터 발끝까지 무린을 부르르 떨게 만들었다.

컥, 어윽……!

피도 멈추질 않았다. 선홍빛 피가 꾸역꾸역 흘러나왔다.

카악!

그러다 어느 순간 멈췄다.

피가 멈추고, 그 위에 땀방울이 툭툭 떨어졌다. 퉁, 토해낸 피 웅덩이에 떨어져 잘게 이는 파문을 보던 무린이 씁쓸하게 웃었다.

'알고 있었지만…….'

이 정도나 차이날 줄이야…….

지금 중원대륙을 다 뒤져 본다 한들, 무린보다 강한 무인이 몇 이나 있을까? 아니, 있긴 있을까? 장담하는데, 지금의 무린이라면 구파의 최고수는 물론 무적단주 이무량과 붙는다고 해도 지지 않을 것이다.

그런 무린이 단 일수, 일수에 바닥을 뒹굴었다. 피하고 자시고 할 것 없이 그냥 얻어맞고 날아갔다. 하지만 이게 끝이 아닐 것이다.

이것조차… 봐준 게 분명했다.

"쓸데없는 짓은 그만둬, 요한."

귀로 척 날아드는 그 말에, 무린은 상체를 세우고 다시 마녀 앞으로 걸어갔다. 처걱! 비청과 비홍을 맞물려 합체시키고 손에 쥔 무린은 이를 악물며 내부를 진정시켰다.

"당신이야말로 쓸데없는 짓하지 마라. 무혜의 몸에 손끝 하나 건드렸다가는… 당신은 내 싸늘한 시신을 보게 될 것이다."

"후후, 그건 좀 무섭네. 하지만 요한… 잊었어? 내가 누군지? 내가 언제부터 이 땅 위에 존재했는지?"

"음……."

"당신의 심장이 멈추더라도 난 살릴 수 있어. 나를 누구라고 생각하는 거야? 단지 당신을 죽이지 않고 일을 마치기 위해 이 아이를 잠시 데려왔을 뿐이야."

"그럼 풀어줘라. 원하는 건… 뭐든지 들어주지."

"후후! 하하하!"

마녀가 무린의 말에 웃었다.

머리를 마구 헝클이면서, 짜증스럽게 웃었다. 명백한 감정 표현인데, 무린은 그 모습에 등골이 쭈뼛 서는 걸 느꼈다.

위험했다.

저건 감정의 변화가 아니라, 폭주처럼 느껴졌다.

"지금 내가… 악역이 된 건가?"

"악역? 아니, 지금 당신의 모습은 마구니, 그 자체다."

"후후, 마구니라……."

씁쓸함?

넘어가지 않았다.

"당신의 존재를 아는 이들이, 당신을 어떻게 부르는지 아나?"

"…마녀라고 부르지."

"그래, 마녀. 아주 정확히 당신을 지칭하는 단어지. 당신은 그 단어가 가진 뜻에 완전히 부합해."

"후후, 후후후… 상관없어. 악마? 마구니? 마녀? 들어주지. 처음으로 돌아갈 수 있다면, 이 세상을 파멸시키는 미치광이 마녀라도 되어주겠어."

"개소리……! 이곳은 현실이다! 당신이 갇힌 환상이 아니야! 당신의 짓으로 수천, 수백만 명이 죽어!"

"……."

무린의 절규에, 무린이 정말 너무나 하고 싶었던 말을 뱉어냄으로써 마녀의 침묵을 이끌어냈다. 공감하고 있을 것이다. 무린이 아는 마녀는 공감 능력이 결코 떨어지지 않았으니까. 아니, 오히려 앞을 못 봄으로써 다른 감각들이 훨씬 진화했다. 그래서 소리 하나, 느낌 하나를 더욱 소중하게 생각하는 게 마녀였다.

즉, 지금 무린이 하는 말의 뜻을 전부, 온전히 느꼈을 거란 소리다. 이해했다는 뜻이기도 하다.

"당신 하나 좋자고 죄 없는 백성들까지 모조리 죽일 셈이야? 천번지복? 무의 말살계? 문의 말살계? 이게 가당키나 한 소린가!"

쩌렁……!

공동이 웅웅 떨 정도로 거대한 외침이었다. 감정을 토해내는 무린의 얼굴은 잔뜩 일그러져 있었다. 가능하다면… 정말 가능하다면, 마녀를 말리고 싶었다.

그녀를 동정해서? 아니었다. 동정이 아니라, 그것밖에 지금 무린이 할 수 있는 방법이 없었기 때문이다. 그 어떤 걸로 해도 마녀를 넘을 수 없다. 이 상황을 타개할 방책이 아예 전무하다는 소리다. 있다면 딱 하나…….

마녀가 스스로 멈추는 것.

그것밖에 없었다.

"알아."

"……."

하지만 그것조차…….

"안다고. 나 좋자고 수백, 수천만을 학살하려 한다는 것."

"……."

안 되려나 보다.

"설마 요한, 내가 모르고 일을 벌였을 것 같아? 전부 다 알아. 이미 계획을 구상하던 처음부터 느끼고 있었어. 온전히 이해했지. 내가 지금부터 준비하고 실행하는 일은 이 세상 자체를 파멸시킨다는 걸."

"……."

마녀는 이성적으로 이 일을 계획하고 진행시킨 것이다. 광기에 빠져, 미쳐 날뛰면서 계획한 게 아니었다.

후후, 나른한 마녀의 웃음소리가 공동 전체에 울렸다. 귀에 쏙쏙 박혀 들어오는 그 웃음소리에 무린은 힘이 빠지는 걸 느꼈다.

이것조차 안 된다.

허탈감이 온몸을 지배해 나갔다. 무린은 반항하지 않았다. 그저… 순응했다.

지잉, 지잉……!

뇌리에 퍽퍽 치는 둔중한 통증이 일었다. 그에 정신이 확 돌아오는 무린. 웃음이 멈추고, 마녀의 입이 다시 열렸다.

"하지만 필요한 일이라고 판단했어. 수백, 수천만을 생각하고, 다시 생각해서 내린 결론은 언제나 같았지."

"……."

"요한, 진행이야."

미친 게 아니다.

너무나 이성적인 판단력이 아직도 그녀에게 있었다. 수천 년을 살면서도 이 여인은 미치지 않은 것이다.

참고 참아, 오늘을 기다린 것이다.

지독한… 여인의 한.

진심으로 두렵다.

마녀의 말은 계속됐다.

"나, 그리고 사랑하는 동생들. 그 아이들이… 방황하는 걸 두고 볼 수 없었어. 후후, 우리 사 남매를 살리려고 나는 무슨 일이든 했어."

"……."

"지난 세계의 일이긴 하지만… 안 해본 일이 없어. 구걸, 청소, 시체 치우기, 나무하기, 약초 채집, 후후, 몸까지 팔았지."

"……."

뭔가를 떠올리려는 듯, 마녀의 표정이 아련하게 변했다. 아마 그 당시의 기억을 더듬고 있는 게 아닌가 싶었다.

"그렇게 지키려고 했던 아이들이야. 그런 아이들이, 내 자식과도 같은 아이들이… 떠돌아다녀. 차원의 비틀림에 갇혀……."

"……."

"갇혀서……! 수백수천 번의 탄생과 죽음을 반복해! 그 찢어 죽여도 시원찮을 제국의 황제 때문에……!"

거대한 화탄이라도 터졌나?

쿠웅……!

웅! 우웅……!

지하공동이 마구 울었다. 곧 무너질 것처럼, 웅웅! 돌 부스러기가 마구 떨어졌다. 그러나 곧, 진동이 멎어갔다.

마녀는 흔들림이 없었다.

꼿꼿했다.

그리고 그건 무린도 마찬가지였다.

"요한. 당신이라면 어땠을 것 같아? 쉽게 생각해서… 당신이 딱 나라면 어쨌을 거야? 저기 저 아이가, 석가장에 있는 당신의 가족들이. 수천 번의 탄생과 죽음을 반복하고 있어. 매번 지독히 힘든 인생을 살면서 죽고, 다시 태어나고… 대답해봐."

요한…….

대답해 보라고.

"……."

못했다.

거대한 감정의 폭주가 느껴졌다. 저 말, 저게 단순한 변명이 아니라 마녀가 지금까지, 그 오래전부터 느껴왔던 감정이라는 것을 너무나 여실히 느꼈다.

하지만…….

"나는 이곳에 있다."

"뭐? 아아… 하하! 하하하! 그래, 당신도 마찬가지였을 거야……. 내가 아는 요한은, 수하, 동료를 위해 목숨을 매번 바치던 그런 사람이었거든. 하하하! 어때, 이해가 좀 돼?"

"이해는… 이해는 한다."

"그렇지? 후후, 하하하!"

마녀의 기쁜 웃음소리가 퍼졌다. 힘이 과도하게 들어가지 않아 이번엔 공동이 덜덜 떠는 일은 없었다.

무린이 다시 입을 열었다.

"하지만 인정은 못 한다."

"하하… 뭐?"

"이해는 하지만 인정은 못 한다고 했다. 나는 악마가 아니야. 인간이다. 내 가족을 사랑하는."

"……."

마녀의 얼굴에서 웃음꽃이 시들어갔다. 삭풍이라도 맞은 것처럼 볼에 경련이 일어나고 있었고, 눈빛에서는 점점 감정이 빠져나가고 있었다.

또다시 본능이 소리친다.

왜 자극했냐고.

"무혜를 풀어줘. 원하는 걸 해주지. 이런 대화… 지긋지긋하다. 이제 본론으로 들어가는 게 좋지 않나."

"……."

"좀 전에 내 입으로 말했다. 혜를 풀어주면 원하는 걸 해주겠다고. 나는 누구처럼 파렴치한 거짓말쟁이가 아니야. 내 입으로 말했다면, 반드시 지킨다."

"……."

툭, 마녀가 언월도를 돌려, 창대로 무혜의 등과 가슴 쪽을 몇 번 두드렸다. 그러자 후아… 하고 나오는 깊은 한숨. 무혜의 입이 움직였다.

"당신… 미쳤군요."

첫 마디로 나온 싸늘한 말.

무혜는 놀라지 않았다. 무린과 마녀의 모든 대화를 듣고도 멀쩡했다. 분명 따라가지 못할 대화였다. 그러면 혼란이 찾아왔어도 이상하지 않은데… 무혜는 멀쩡했다. 오히려 차분했다. 지극히 냉정한 사고를 유지하고 있었다.

후후, 하하하.

마녀가 무린을 돌아봤다.

"요한, 당신의 기질을 제대로 이은 아이야. 대단해. 놀라울 정도의 정신력. 정신력만큼은 내 동생들과 비교해도 결코 뒤지지 않겠어…….”

“…….”

“좋은 동생을 뒀어. 요한. 이번 당신의 삶은… 축복이었구나.”

“…….”

툭, 툭툭. 다리, 허리, 그리고 무혜의 비소 근처를 툭 치자 무혜가 벌떡 일어났다. 그리고 마녀를 돌아보고 입술을 질끈 깨문다. 잠시 그렇게 바라보더니… 고개를 이내 돌리고 무린에게 천천히 걸어왔다.

“약속 지켜, 요한.”

“걱정하지 마라. 약속은 지킨다. 반드시.”

“믿겠어.”

물론, 마녀는 다른 꿍꿍이도 있을 것이다. 무린이 이상한 짓을 하면 순식간에 다시 무혜를 잡아올 능력이 그녀에게 있었다. 아니, 무혜 말고 비천대 전체를 인질로 잡고도 남을 능력이 그녀에게 존재했다.

그러니 풀어준 것이다.

“괜찮니?”

“예…….”

추운지, 어깨를 오들오들 떨고 있는 무혜에게 무린은 급히 입고 있던 무복의 상의를 벗어 덮어줬다. 신장이 꽤 큰 무린이 입고 있던 상의라 무혜가 입으니 무릎까지 내려왔다. 이걸로 추위가 완전히 가시지는 않을 것이다.

다음은 맥을 잡고 비천신기를 천천히, 아주 천천히 흘려 넣었다. 그러자 움찔, 몸을 떠는 무혜.

이질적인 기운에 놀란 것이다. 그에 무린이 조용히 말했다.

"괜찮아. 그냥 마음 편하게 먹고 받아들인다는 생각만 해라."

"예……."

한 바퀴, 두 바퀴, 비천신기가 혈을 도는 시각이 늘어날수록 무혜의 안색은 눈에 띄게 좋아졌다. 세 바퀴, 네 바퀴, 다섯 바퀴를 돌고야 멈춘 무린.

"이제 됐다."

"……."

무혜가 무린을 올려다봤다.

여전한 눈빛이다.

두려움도, 걱정도 담지 않은 아주 차분한 눈빛. 이러니 한명운 선생이 그냥 뒀을 리가 있나…….

머리를 한차례 부드럽게 쓰다듬어 주고, 무린은 웃었다.

"올라가라. 나가면 비천대가 기다리고 있을 것이다. 가서 그들에게 전해라. 섬을 떠나라고."

"예."

"걱정 마라. 반드시 돌아갈 테니."

거짓말…….

"믿고 기다리겠습니다."

무혜가 고개를 끄덕이고 대답한 후, 마녀를 다시 한차례 바라봤다. 그 눈빛에는 원망도, 두려움도 없었다.

있다면… 동정뿐.

마녀가 무혜의 눈빛에 웃음으로 화답했다.

아주 미약하지만… 부러운 눈빛을 하고서.

잠시간 서로를 바라보던 두 여인, 먼저 눈길을 돌린 건 무혜였다. 뛰지도 않고 그저 걸어서, 차분하게 걸어서 무린이 내려왔던 계단을 향해 갔다. 그리고 이내 계단을 밟고, 위로 사라졌다.

돌아보지 않았다.

무혜의 성정이 얼마나 대단한지를, 그리고 그녀가 얼마나 무린을 믿고 있는지를 여실히 보여주고 있었다. 무린의 눈은 그런 무혜에게서 떨어질지를 몰랐다. 무린답지 않게… 젖어 있는 눈빛이었다.

지잉, 지이잉…….

머릿속에서 다시금 느낌이 왔다. 아련하고 뭔가 슬퍼하는 기색이었다. 무린은 피식 웃었다.

그 후 머리를 털어, 속에 든 감정을 흘려보냈다.

"자, 약속은 지키지. 내가 뭘 하면 되지?"

저벅, 저벅저벅.

마녀에게 향하며 묻는 무린.

그러자 마녀가 원월도를 가볍게 그었다.

스가앙…….

소름끼치는 소음이 흐르고, 또다시 없던 게 생겨났다.

"이건?"

"이 세상의 핵과 통한… 수정."

"내가 할 일은 뭐지?"

"흠집을 내는 일."

"흠집? 당신의 관일로도 못 하나?"

"나는 그 흠집을 뚫어, 파괴하는 일."

"그렇군."

무린은 생겨난 수정을 바라봤다.

검고, 붉고, 파랗고, 하얗고, 온갖 색이 뒤섞여 있는 요상한 수정이었다. 인세에는 없을 법한 자태를 폼 낸 거대한 수정. 그 수정은 하도 커서 지면에 박혀 있는 것처럼 보였다. 아니, 실제 박혀 있었다.

"이것 때문에 비천신기를 내게 생성시켰군."

"맞아, 요한. 당신이 아니면 비천신기는 이 세상 그 누구도 만들 수 없지."

"치밀하군. 설마 지금 이 순간까지 계획한 건가? 처음부터?"

"후후, 셋째를 만나봤지? 그가 얘기 안 했어? 촉한의 무후와 만났다는 얘기."

"했지."

"누가 먼저 봤을 것 같아?"
"당신이겠지."
"그럼 당연히 천기를 짚는 것도 내가 배웠겠지?"
"그렇겠지."
"수천 번을 살펴봤어. 그 결과 알아낸 거야. 요한… 당신이 이 세상에 태어난 다는 사실을."
"……."
도대체 어떻게… 그 오랜 세월을 버텼나 싶다.
촉한, 그리고 현재.
족히 천 년의 세월이다.
이것만 따져도 천 년이다. 근데 마녀는 그 전부터 준비했을 것이다. 오직 때를, 이 순간을 위해서…….
무서운 집념.
가족을 향한 애정이 없었다면 일어나지 않았을… 비극.
'그래도 당신은 잘못됐다.'
무린은 웃었다.
"슬슬 도착했을까?"
"……."
무린의 말에 마녀의 얼굴이 팍 굳었다. 지잉, 지이잉, 징, 징! 뇌리를 간드러지게 하는 감각에 무린은 고개를 끄덕였다.
"기가 막히게 오는군."
"……."
"당신의 동생이 오고 있어. 광검제와 그의 동생, 그리고 북원의 전신까지도."

"……."

"이미 신전 안으로 들어섰군. 뒤는… 걱정 없겠어. 후후후."

"무슨… 생각이지?"

딱딱하게 마녀의 얼굴이 굳었다.

"실수한 거야. 당신은… 문영을 죽이지 말았어야 했어."

"……."

"후후, 당신이 짚은 천기는 이것까지 보여주지 않은 것 같아."

"……."

스윽.

마녀의 창이 올라온다.

"움직이지 마라. 당신이 사라지는 순간, 내 숨은 끊어질 테니까."

"요한… 자결은 무의미하다고 했을 텐데?"

이제는 눈빛이 번들거린다.

광기에 찬 눈빛은 아니다. 지극히 이성적이며, 위험한 눈빛이었다. 허튼 짓하면 제압하겠다는 의지가 보인다.

하지만 소용없다.

무린은 갑자기 딴소리를 했다.

"단문영은 죽었어."

"그래, 내가 죽였지. 이 순간 방해가 될 것 같아서."

"하지만 살아 있지."

"……."

"어떻게 했는지 모르겠지만… 혼심을 통해 내게 왔다."

쿡쿡.

무린은 제 머리를 툭툭 쳤다.

이곳에 있다. 이렇게 친절하게 알려주고 있었다.

"말도 안 되는 소리!"

"하지만 일어났지."

"……"

상황은 역변이다.

오직… 이 순간을 기다렸다.

무혜가 풀려나는 이 순간을……. 계단을 내려서며 느낀 것, 그녀의 존재를 인지했던 것. 그 후… 오직 무혜가 풀려나는 이 순간만을 마음 졸이며 참고, 또 참아서… 결국 이룩해 냈다.

거짓말까지 해가면서.

마음은 이미 섰다.

이미… 아주 예전에.

그에 무린의 입가에 모든 걸 내려놓은, 불교에 귀의한 고승이 해탈했을 때 짓는 아주 자애로운 미소가 걸렸다.

"혼심을 잘 안다고? 당신이 거쳐 왔던 시대에서는 비익공이라고 불렸는데."

"……."

"잘 알겠지. 그것 때문에 문영을 죽였으니까. 자, 다시 하나 묻지. 혼심의 역할도 잘 아나……?"

"……."

후후, 잘 알겠지.

아주, 잘…….

"마지막으로 묻지."

"……."

"당신… 영혼도 치유할 수 있나……?"

"아, 안……!"

마녀의 신형이 그 소리와 함께 사라졌다. 다급한 소리, 하지만… 늦었다. 이미 무린은 마음먹은 상태…….

무린의 입가에 걸린 미소는, 더욱더 진해졌다.

'문영… 부탁한다.'

지잉, 지잉……!

대답이 들려온다.

네…….

쩌엉……!

쩌적!

쩌저저저저적!

그극!

그가가가각!

투웅……!

무린의 몸이 흔들린다.

그 순간 마녀가 무린의 몸을 잡았다.

"안 돼……!"

마녀의 외침이 들려왔다. 허탈, 분노, 이성이 확실하게 흐트러진 모양이다. 하, 하하하……!

무린은 웃었다.

하지만 목소리는 나오질 않는다.

'미안하구나…….'

약속을 지키지 못해서.

'죄송합니다…….'

돌아가지 못해서.

파캉!

차자자자자작!

우르르 내려앉는다.

그게 무린은 뭔지, 알 수 있었다.

나 자신의 육체에 깃든, 나 자신의 영혼.

마치 깨진 동경의 단면의 주저앉는 것처럼 와르르 무너진다. 의식은 순식간에 멀어진다. 비천신기? 소용없다.

안 돼!

이, 이럴 수는 없어!

내가 이때까지 어떻게 기다렸는데……!

요한!

요한……!

마녀의 울부짖음이 보인다.

'당신도… 영혼은 못 살리나 봐? 후후, 후후후…….'

무린의 입가에 미소는 영혼이 깨어지고, 의식이 날아가는 와중에도 더욱더 짙어졌다. 요한……! 세 번째 외침이 들렸을 때, 어둠이 찾아오기 시작했다.

'아아…….'

포근한 어둠이다.

안식의 어둠이다.

고된 삶의, 생을 모두 어루만져 주는 그런 어둠이다.

일단의 무리가 들어섰다.

도합 셋.

익숙한 사람들.

광검제와 그의 동생, 그리고 북원의 무신.

광검제가 일그러진 얼굴로 중얼거리는 소리가 들렸다.

"이런, 늦었나……!"

아니, 제시간에 왔다.

느껴진다.

마지막이 온다.
마지막 힘을 모아 그녀에게 사과를 건넨다.
'문영… 모, 모진 일… 시켜, 미…….'
안…….
징, 지잉…….
그녀의 마지막 대답이 들려왔다.

고생… 했어요.

무린의 심장은.
이후 뛰지 않았다.

第二百十二章 귀환병사(歸還兵士)

마녀대전이 소강상태에 빠졌다. 온 성의 마군들이 일제히 전투를 멈추고 본거지로 돌아갔다. 때아닌 휴전. 그 시기에 맞춰 하북, 석가장의 장원으로 일단의 기마대가 들어섰다. 새하얀 백의를 갖춰 입은 자들이다.

가장 전방에는 여인이 있었다.

텅 비어버린, 초점이 잡히지 않은 눈빛, 아니, 눈빛 자체가 사라진… 생기가 없었다. 여인의 뒤도, 뒤의 뒤도, 뒤의 뒤의 뒤도, 전부 같았다.

삶의 의미, 의지를 잃어버린 자들의 행렬.

그 중간에는 관이 있었다.

흑색의 목재로 만든 관을 수레 위에 실고, 말로 끌고 오고 있었다. 내원으로 들어선 기마대가 멈췄다.
비천대였다.
그들을 맞이하는 이들이 있었다. 장원의 모든 이들이다. 그 선두에는 중년의 미부인과 젊은 여인, 노년의 문사가 있었다.
호연화.
진무월.
제갈문인.
그리고 제갈려가 있었다.
무혜가 멈춰서고 비천대가 멈췄다.
"……."
"……."
모녀가 눈을 맞췄다.
파르르…….
호연화가 무혜의 눈빛에서 봐선 안 될 것을 봐버렸는지, 얼굴 전체가 미미한 경련을 일으키기 시작했다.
"부대주……."
무혜가 시선을 피하며, 조용히 백면을 불렀다.
"네, 군사."
"대주를……."
"네."
백면이 뒤를 돌아봤다.
그러자 비천대가 양옆으로 갈라지며 길을 만들었다. 열린 길에는 관이 있었다. 흑색의 목재로 만든 관을 수레 위에 실고, 장팔이 고삐를 쥔 말이 천천히 끌고 오고 있었다. 그 광경이, 그 참담한 광경이 호연화의 눈에 박혔다.

"아, 아아……."

남궁가의 대모라 불린 여인이, 그 모진 세월 동안 단 한 차례도 힘든 내색을 하지 않았던 철혈의 여인이, 부지불식간 신음을 토해냈다.

"아, 안 돼……. 아니지? 언니… 아니지? 응? 언니, 언니……?"

옆에 있던 무월이 멍한 목소리로 관과 무혜를 번갈아보며 물었다. 그 큰 눈망울에는 당혹, 혼란이 가득했다. 사정없이 흔들리는 그 눈동자에, 그 물음에, 무혜는 대답해 줄 수 없었다.

"……."

문인은 아무런 말도 할 수 없었다. 연륜이 가득 차 있어서, 비천대가 들어서는 그 순간부터 이미 상황을 파악하고 말았다. 믿고 싶지 않은 결과. 문인, 그 자신이 상상할 수 있는 최악의 결과.

그 결과가 지금 눈앞에 있다.

두 눈 앞에서… 잔인하게 펼쳐지고 있었다.

제갈려.

그녀는 모든 것을 무정하고, 의식을 끊어버리는 것으로 상황을 받아들였다. 그녀는 이 상황을 받아들일 준비도, 힘도 없었다. 급히 석가장의 무인이 다가와 려를 안고 사라졌다. 그 와중에도 문인은 관에서 눈을 떼지 못했다. 문인뿐만이 아니었다.

전부가 그랬다.

호연화가 무혜에게 다가갔다.

장팔이 끌고 온 관이 이미 세 사람의 앞에 왔음에도 호연화는 무혜에게 갔다. 마치 쳐다보기도 싫다는 듯이.

무혜가 말에서 내렸다.

그녀가 내리자 비천대가 일시에 모두 따라 내렸다. 그러거나 말거나… 호연화는 무혜의 손을 잡았다.

"무혜야."

"……."

"혜야……."

"예, 어머니……."

"아니라고 해다오."

"……."

호연화가 흔들린다.

결단코 받아들일 수 없다는 눈빛이지만, 이미 마구 흔들린다. 초점을 잡지 못하고 사방팔방…….

"혜아야, 제, 제발… 아니라고 해다오. 응?"

"……."

간절한 애원이다.

무혜는 대답할 수 없었다.

왜?

그녀도 텅 비었으니까.

그녀도 현 상황을 받아들이지 못하고 있었으니까.

툭.

그때 관 뚜껑이 열려, 바닥에 떨어지는 소리가 났다.

"아, 아아… 아니야… 이, 이건 아니야……!"

아아, 아아아! 안 돼! 오라버니! 아악! 아아아악! 오라버니! 아아! 으아아!

절규, 한 맺힌 절규.

통곡, 구슬픈 통곡.

무월의 절규가 울려 퍼진다.

잔혹하고, 무정한 하늘 아래.

아악! 아아! 오라버니… 일어나. 응? 왜 누워 있어? 쉬는 거야……? 또 다쳤어? 이, 이번엔 많이 다쳤구나? 응? 괘, 괜찮아……! 나 많이 배웠어! 정심 언니가 많이 알려주고 갔어! 내가 고쳐 줄게. 응?

"아가씨……."

석가장원의 젊은 여인 하나가 무월에게 다가가, 어깨에 손을 올렸다.

이거 놔! 놔! 아으, 아으으… 오라버니……. 어헝! 왜 이래… 응? 왜 그러고 있는데… 일어나 봐… 응! 좀… 좀……!

무월이 무린의 어깨를 잡고 흔들었다. 천천히, 그러나 점점 강하게. 흘러내린 눈물이 차갑게 식은 무린의 뺨에 떨어졌다. 또르르 굴러야 할 눈물방울이 파삭 깨졌다. 이후 얼어붙었다.

놔! 놔… 아…….

석가장의 여인이 무혜의 뒷목을 툭 쳤다. 무혜는 그 순간 동작을 멈추고 쓰러졌다. 여인이 무혜의 손을 잡아 살폈다. 새하얗게 서리가 낀 손. 여인은 급히 무혜를 안고 안으로 달렸다. 그 모든 걸 들은 호연화.

그녀는 감히 돌아서지 못했다.

돌아서는 순간, 그녀는 버티지 못할 것이리라는 걸 직감했다. 어떻게 확신하느냐고 묻는다면, 여인의 감이라고밖에 할 수 없었다.

호연화는 떨리는 눈빛, 손, 자신의 육체도 통제할 수 없었다.

"자식의 마지막은… 봐야 하지 않겠나."

문인이 뒤에서 말을 하자.

"아아, 아으… 그런 말 마세요!"

호연화는 귀를 막았다.

그 후 상체를 숙여, 현실을 부정했다.

하나 문인의 말은 아주 작은 틈을 타고 흘러들어 갔다.

"현실이네. 받아들여야 해……."

"내 자식은 아직 안 죽었습니다! 아무리 문인 님이라도 그런 말은 절대 용서할 수 없습니다!"

"연화야. 직시해야 해. 네가 이러면… 무린이가 많이 슬퍼할 걸세……."

휙!

"우리 무린이는……!"

문인을 보려다가, 무린을 보았다.

어머니의 눈에, 눈에 넣어도 아프지 않을 자식이… 관에 누워 있는 모습이 비춰졌다. 망막에 들어서자, 아들임을 바로 알아봤다.

"아……."

휘적.

호연화의 걸음이 저절로 무린을 향해 걸어갔다. 술에 취한 사람처럼 갈지자를 그리며 걸어가는 호연화의 모습에 그 누구도 말을 붙이지 못했다. 조신하게 걸으라고. 남궁가의 대모가, 비천무제의 모친이 그리 걸으면 어쩌냐고. 누구 하나 이렇게 말하지 못했다.

"……."

무린의 옆에 가만히 무릎 꿇는 호연화.

포개져 있는 무린의 손을 가만히 잡아당겨 가슴에 품었다. 스으으, 하얀 서리가 끼지만 호연화는 개의치 않았다.

"……."

다른 한 손으로 차갑게 얼어붙어 있는 아들의 뺨을 쓸어내렸다. 역시 스으으, 하얀 서리가 따라온다. 그러나 이번에도 무시했다.

한 손으로 아들의 손을 가슴에 품고,
한 손으로 아들의 뺨을 어루만지며.

호연화는 울다, 웃다를 반복했다.

행복한 미소를 지었다가, 처연한 미소를 지었다가, 화난 미소를 지었다가, 자애로운 미소를 그렸다가.

천천히 입술이 열렸다.

"아들… 고생했어……."

이젠.

편히 쉬렴.

그 말을 끝으로 호연화는 의식을 잃었다.

귀환은, 두 번 이루어지지 않았다.

『귀환병사』 완결

작가 후기

안녕하세요. 요람입니다.

귀환병사, 무제록의 첫 번째 이야기가 이렇게 끝났습니다. 22권. 기획부터 집필까지 딱 이 년이 걸렸습니다. 살펴보니 13년 5월 25일 날 첫 연재를 시작했더군요. 두 번째 작가 수정을 마친 오늘이 15년 5월 25일입니다.

시작과 끝이 동일하다니… 노린 건 아닌데 귀병은 스스로 이렇게 의미를 가져 주었네요. 고마운 녀석입니다.

할 말이 많습니다. 그리고 여러분들은 궁금증이 많을 거라 생각합니다.

작가 후기……. 제국의 군인, 기사도도 안 썼는데, 이번만큼은 써야겠습니다. 작가 후기도 이야기가 들어 있습니다. 읽어두셔서 나쁠 게 없다고 생각합니다. 자, 그럼 하나씩 짚어볼까요?

가장 먼저, 독자 여러분들의 귀환병사 22권 완결권을 내던지는 모습이 보입니다. 이 새끼가 감히 독자를 우롱해! 이 따위로 결말을 만들어! 하는 분노에 찬 일갈도 들립니다. 봐주세요…….

일단, 귀환병사는 기획 첫 단계부터 무린의 죽음이 예정되어 있었습니다. 애초에 저는 엔딩을 반드시 결정하고 나서 글을 쓰기 시작하니까요. 글을 쓰면서 변할 수도 있다? 물론 그렇습니다. 하지만 변하는 건 어떻게, 어떤 상황에 죽느냐의 차이입니다. 무린의 죽음은 변하지 않았을 겁니다. 서운하시다고 해도… 어쩔 수 없습니다. 저는 모든 작품을 씀에 있어서 엔딩을 번복한 적은 한 번도 없으니까요.

이해해 주시기를… 간절히 바랍니다.

마녀가 등장했습니다. 작품 초반부에서 중반부를 넘어가는 과정에서 나왔죠. 이 부분은 기획 의도와는 조금 달랐습니다. 애초에 귀환병사의 무린은 휘드리아젤 대륙 연대기의 주인공으로 쓸 계획이 없었습니다. 독립된 이야기로 구성하려고 했습니다. 무제록의 세 주인공 중 하나로 말이지요. 하지만 중간부터 욕심이 생겼습니다. 그리고 과한 자만감도 붙어

버렸습니다. 두 세계를 연결하고 싶다… 할 수 있다. 이런 자만감, 욕심입니다. 기획 의도와는 다르게 나왔으니, 이는 부족한 제 능력 탓입니다. 첫 의도대로 못 흘러가게 했으니 이 부분은 두말할 여지도 없습니다.

하지만 그래도 하고 싶었습니다.

휘드리아젤 대륙 세계관은 제가 정말 애정을 가지고 있습니다. 그건 인기의 유무와 상관없이, 정말 공을 들이고, 정을 들였기 때문입니다. 첫 출간작이 되었기 때문일지도 모릅니다. 그래서 버리기 싫었고, 더 그려 나가고 싶었습니다.

평행세계, 다중차원. 이런 복잡한 설정들을 넣어서요. 그리고 결과, 귀환병사라는 무협 세계관을 만들어 제국의 군인 세계관과 이었습니다. 여기에 현실 세계관까지. 세계의 세계관이 공존하면서 이어집니다. 아마… 제가 평생을 써내려가지 않을까 싶습니다.

제 이야기는 모두 이어집니다.

악역 주인공 하나, 그에 맞서는 용사 주인공 다섯. 이렇게 총 여섯의 주인공들이 차원을 방랑, 혹은 태어나며 일어나는 일들을 그릴 생각입니다. 주적은 딱 봐도 아시겠지만, 제국의 군인의 악역, 프리드리히 E 알스테르담입니다. 판타지가 아닌 현실 세계관 이름은 강지영입니다. 익숙한 이름이지요? 제 전 완결작, 연중작들을 보면 나오는 이름입니다.

살인레코드에 그 강지영이고, 팬픽 아카식 레코드의 그 강지영 맞습니다. 이 케릭터가 모든 차원 분열의 시작이자, 모든 주인공들이 반드시 죽여야 하는 악역의 역할을 맡았습니다.

무협 세계관의 광검제 위석호, 판타자 세계관의 명왕기사 루. 이 케릭터 역시도 제 연중작에 있습니다. 두억시니. 제 글을 다 읽으셨던 분들은 알 수 있는 부분입니다. 바로 인사동 야누스에 서주영입니다.

판타지 세계관 청룡왕 요한, 무협 세계관의 비천무제 진무린. 이 케릭의 현실 세계관은 아직 입니다. 하지만 분명 써집니다.

검처녀도 등장하지 않았고, 단문영과의 인연을 이렇게 끝내기에는 제가 죽어도 싫어서요. 그러니 출간이든 연재든 무조건 써질 겁니다. 기대하셔도 좋습니다.

다른 두 주인공은 아직 쓰지 않았습니다.

하지만 본권 마지막 부분에 잠깐 언급됩니다.

전쟁상인.

철혈의 전사.

이 두 캐릭터가 남은 부분을 담당할 주인공들입니다. 아직 여유가 나지 않아 집필을 시작하지는 않았지만 분명한 건 반드시 쓰겠다는 거지요. 그들이 없으면 이 세계관은 완성되지 못하니까요.

마지막.

미친개 휘안.

제국의 군인 주인공입니다.

제 첫 출간작의 주인공었고, 참 욕도 많이 먹은 녀석입니다. 개념 없다고요. 하하. 하지만 평은 극명하게 갈렸던 케릭터입니다. 그건 그만큼 매력적이게 보여지기도 했다는 소리지요. 그래서 다음 작품 주인공은 휘안이고, 미친개가 될 예정입니다.

작품명, 더 케로베로스(가제). 현대로 넘어온 휘안의 깽판기! 진심 개깽판기를 써보려고 합니다. 절제된 무린을 쓰다 보니 막나가는 휘안이 끌렸습니다. 하하.

다음 작품 더 케로베로스(가제) 많이 기대해 주세요.

자, 가장 중요한, 마지막 후기입니다.

무제록, 아직 끝 아닙니다. 현재 유료연재(악역, 프리드리히 세계관) 대협곡이 끝나는 대로 무제록 두 번째 이야기, 광검진천하를 쓸 예정입니다. 제목에서 알 수 있듯이 광검제 위석호의 이야기입니다. 이 이야기에서 현재 회수하지 않은 떡밥들을 대거 끌어올 생각입니다.

구화검.

암마군.

검문(이옥상, 정심, 검후 주문약).

등등.

전부 회수합니다.

마녀와의 실질적인 마무리 부분을 담당할 스토리라인이 중심입니다. 그걸 위해 무린의 마지막에 광검제 위석호가 등장하게 했으니까요. 굳이 꼭 살려주면서. 마군은 무제록 마지막 주인공, 한비담이 맡습니다. 혜광심어(가제)에서요. 이때 구파와 간간히 출연했던 소향이 주 스토리라인을 맡게 됩니다.

미쳐 날뛰는 비천대와 천리통혜의 이야기도 담을 예정입니다. 그러니 아쉬워 마시기를.

현 비천무제의 끝이, 이 이야기의 끝이 아님을 명심해 주세요. 끝이 찝찝한 건 저 역시 좋아하지 않아서요. 반드시 해결하도록 하겠습니다. 광검진천하. 늦어도 올해 안에 만나실 수 있을 겁니다.

대협곡을 유월 이내로 끝내고, 8월부터 집필을 시작할 예정입니다. 예정대로만 된다면 광검진천하, 8월 말에서 9월초에 만나실 수 있습니다.

그러니 의문이 남는 부분은 광검진천하에서 확인해 주시기 바랍니다.

후기, 끝입니다.

차기작, 더 케로베로스(가제)에서 뵙겠습니다.

귀환병사를 사랑해 주신 독자 여러분, 진심으로 감사드립니다.

요람 拜上